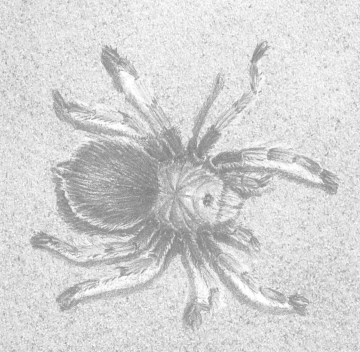

Katie

OF THE SONORAN DESERT   DEL DESIERTO SONORENSE

Based on a true story   Basado en una historia real

By

KATE JACKSON

Illustrated by

NATALIE ROWE

Animals & Plants, Herpetology, and *Glossary* by Linda M. Brewer

The Arizona-Sonora Desert Museum Press

For Roger, of the Sonoran Desert

Para Roger del Desierto Sonorense

First Edition

Published in the United States of America by Arizona-Sonora Desert Museum Press

2021 N. Kinney Road, Tucson, Arizona 85743

www.desertmuseum.org

This book is available at quantity discounts for educational, business, or sales promotional
use. For further information, please contact:

Arizona-Sonora Desert Museum Press

520-883-3028 │ asdmpress@desertmuseum.org

ISBN 978-1-886679-15-3

Copyright registered with the U.S. Library of Congress

Book development by Richard C. Brusca

Design by Terry Moody at Studio Orange Street

Printed in South Korea by Tara TPS through Four Colour Print Group

Contents

The **Sonoran Desert** is like no other place in the world. Big **saguaro** cacti stand tall, and the sun beats down on an **underbrush** of tough, thorny plants—all fighting for the smallest drop of water in the sun-baked soil. It's not easy to walk through the Sonoran Desert. Most plants are covered in sharp spikes or prickles that will tear your clothes and stick in your skin. And you must never venture into the desert without a big bottle of water. Keep careful track of where you're going, because the desert can look all the same in every direction. It's a beautiful place, but a dangerous one, and awfully easy to get lost in.

Εn todo el mundo no hay otro lugar como el **Desierto Sonorense**. Los grandes cactus llamados **sahuaros** se mantienen erguidos y el sol pega en una **maraña** de plantas espinosas y muy duras, todas luchando por obtener la gota más pequeña de agua en el suelo quemado por el sol. Y no es fácil caminar en el Desierto Sonorense. Casi todas las plantas están cubiertas con puntas puntiagudas o espinas que rasgarán tu ropa y se clavarán en tu piel. Nunca te aventures en el desierto sin agua suficiente y fíjate muy bien por donde caminas porque el desierto parece igual en todas direcciones. Es un lugar muy hermoso, pero también muy peligroso y es muy fácil perderse.

The animals that live in the Sonoran Desert are special. They tolerate the blazing desert sun, and many go for months without water. Katie was one of these animals—a **western diamondback rattlesnake**. She loved the desert. It was the only home she had ever known. She knew her way around her neighborhood better than anyone, but in spite of knowing the nooks and plant life, paths and shade-rocks, she still spent most of her time worrying about catching her next meal and finding shelter from the midday sun.

Katie was almost three feet long. Her skin was rough and dry and scaly, and patterned with brown and grey blotches that blended so well into the desert scrub that if she stayed quiet and still she was almost invisible. Her tail had bright black and white rings and ended in a rattle—a string of hard **segments** loosely attached together.

Los animales que viven en el Desierto Sonorense son especiales. Toleran el sol candente del desierto y muchos pasan meses sin agua. Katie era uno de estos animales, una víbora **cascabel de diamantes**. Le encantaba el desierto y además era la única casa que ella había conocido. Conocía su barrio mejor que cualquiera, pero a pesar de que también conocía muy bien todos los rincones y las plantas, las veredas y las rocas para sombrear, pasaba casi todo su tiempo pensando en como atrapar su próxima comida y como protegerse del sol de mediodía.

Katie medía casi un metro de largo. Tenía la piel áspera, seca y escamosa y estampada con manchas cafés y grises que se mezclaban tan bien con el color del matorral del desierto que si se quedaba quieta sin moverse parecía casi invisible. En la cola tenía anillos blancos y negros brillantes y terminaba en un cascabel: una serie de **segmentos** duros sujetados de forma floja.

When she vibrated her tail, it made an impressive rattling sound. Katie rattled whenever she felt angry or scared. Occasionally, she shed her old, worn skin for a fresh, new one and every time she did this, her rattle gained a new segment. Katie's rattle had eight segments. She had shed her skin more than eight times, but some of the segments had broken off.

Katie had a pair of long fangs, which she could sink into anything she wanted to eat or protect herself from. She used them to inject more poisonous **venom** than any other kind of rattlesnake can. She had a black, forked tongue that she flicked in and out, tasting the air for the smell of a **pocket mouse** or a **kangaroo rat**. She could even taste their footprints and follow them to their hiding places for a good meal. Kangaroo rats were Katie's favorite food. They're smooth and soft-furred and just the right size for swallowing.

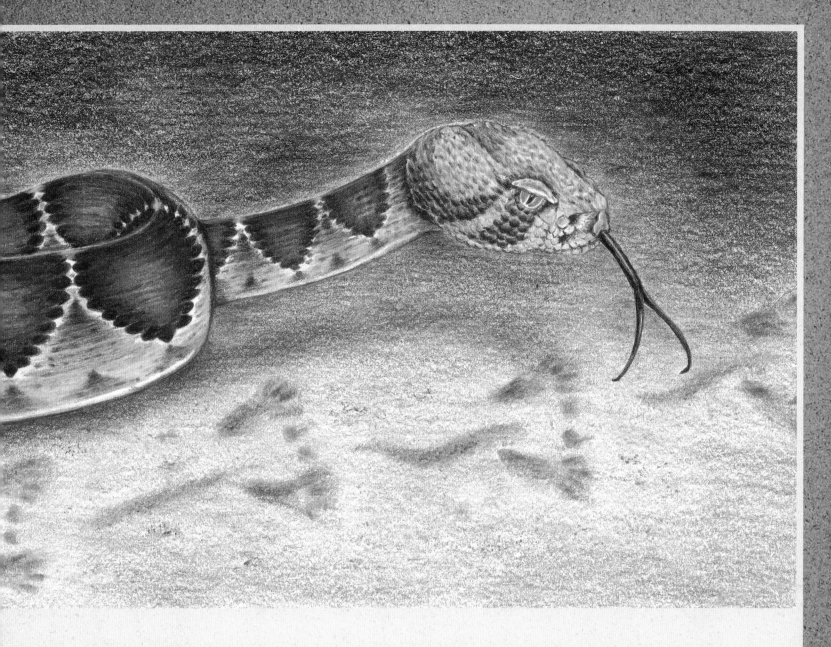

Cuando vibraba su cola hacía un cascabeleo impresionante y Katie cascabeleaba cuando estaba enojada o asustada. Ocasionalmente mudaba su piel vieja y gastada por una limpia y nueva, y cuando hacía ésto a su cascabel le crecía un segmento nuevo. El cascabel de Katie tenía ocho segmentos. Ella había mudado su piel más de ocho veces, pero algunos de los segmentos se le habían caído.

Katie tenía un par de colmillos largos los que podía hundir en cualquier cosa, ya sea para comer o para protegerse. Ella los usaba para inyectar más **veneno** tóxico que cualquier otro tipo de víbora de cascabel. Tenía una lengua negra bifurcada que sacaba y metía husmeando el aire por olores de un **ratón de abazones** o una **rata canguro**. Incluso podía saborear sus huellas y seguirlas hasta sus escondites para una buena comida. Las ratas canguro eran la comida favorita de Katie. Tienen el pelo muy suave y el tamaño perfecto para tragarse.

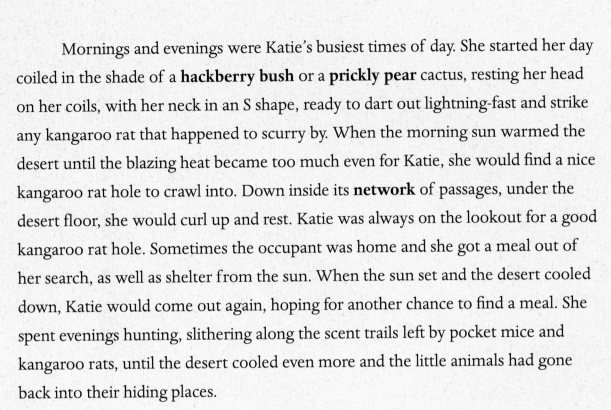

Mornings and evenings were Katie's busiest times of day. She started her day coiled in the shade of a **hackberry bush** or a **prickly pear** cactus, resting her head on her coils, with her neck in an S shape, ready to dart out lightning-fast and strike any kangaroo rat that happened to scurry by. When the morning sun warmed the desert until the blazing heat became too much even for Katie, she would find a nice kangaroo rat hole to crawl into. Down inside its **network** of passages, under the desert floor, she would curl up and rest. Katie was always on the lookout for a good kangaroo rat hole. Sometimes the occupant was home and she got a meal out of her search, as well as shelter from the sun. When the sun set and the desert cooled down, Katie would come out again, hoping for another chance to find a meal. She spent evenings hunting, slithering along the scent trails left by pocket mice and kangaroo rats, until the desert cooled even more and the little animals had gone back into their hiding places.

El tiempo más ocupado para Katie eran las mañanas y las noches. Empezaba su día enroscada a la sombra de un garambullo o de un nopal, descansando su cabeza sobre sus vueltas, con su cuello en forma de S, lista para salir como flecha y atacar cualquier rata canguro que deambule por allí. Cuando el sol de la mañana calentaba el desierto hasta que el calor ardiente era demasiado incluso para Katie, ella buscaba una ratonera de rata canguro para meterse. Dentro de sus **redes** de pasillos, debajo del suelo del desierto, se enroscaría y descansaría. Katie siempre estaba al acecho de una buena madriguera de rata canguro. Algunas veces el residente estaba en casa y ella obtenía una buena comida en su búsqueda, así como protección del sol. Cuando el sol se ponía y refrescaba en el desierto, Katie saldría de nuevo, esperando otra oportunidad de encontrar alimento. Pasaba sus noches cazando, deslizándose por los senderos de aromas dejados por los ratones de abazones y las ratas canguros, hasta que el desierto se enfriaba aún más y los animalitos regresaban a sus escondites.

Few people ventured into the thorny, waterless desert where Katie lived, but ranchers let their cattle loose to wander, grazing on whatever they could find. Sometimes cowboys rode through, and occasionally people came to the desert for other reasons. Some herpetologists were at work near where Katie lived. Herpetologists are scientists who study reptiles and amphibians—like snakes, lizards, turtles, frogs and salamanders. These herpetologists were especially interested in rattlesnakes. They wanted to learn all about the private lives of rattlesnakes—how they spent their days, where they went in different seasons, what they ate, and any other rattlesnake secrets. And to find out all this, they had a special tool.

One evening Katie was following a kangaroo rat trail. The trail led across a road, and she was concentrating so hard on the kangaroo-rat smell that she was halfway across the road before she became aware of a loud, rumbling sound coming closer and closer.

Poca gente se aventuraba en el desierto espinoso y sin agua donde Katie vivía, pero los rancheros dejaban a su ganado suelto para deambular y pastar en lo que encontraran. Algunas veces los vaqueros pasaban a caballo y ocasionalmente la gente venía al desierto por otras razones. Algunos herpetólogos trabajaban cerca de donde vivía Katie. Los herpetólogos son científicos que estudian a los reptiles y anfibios como las serpientes, las lagartijas, las tortugas, las ranas y las salamandras. Estos herpetólogos tenían un interés especial en víboras de cascabel. Querían aprender todo sobre la vida privada de las víboras de cascabel: como pasaban sus días, a donde se iban en las diferentes estaciones, que comían y todos sus demás secretos. Y para descubrir todo esto ellos usaban una herramienta especial.

Una noche Katie estaba siguiendo el rastro de una rata canguro. Las huellas cruzaban el camino y ella estaba tan concentrada en el olor de la rata canguro que ya estaba a medio camino cuando se percató de un sonido fuerte y sordo que se acercaba más y más.

The rumbling turned out to be the herpetologists' truck cruising slowly along the dirt road in search of snakes. Katie's **camouflage** skin was no use against the pale sand of the road. The herpetologists saw her and jumped out of the truck shouting with excitement. One herpetologist shined a flashlight on Katie, while the other pinched her around the middle with a pair of tongs, picked her up, and dropped her gently into a cloth bag. Katie rattled furiously, but it was no use. The end of the bag that had been open was now tied in a tight knot, and Katie could find no way to escape.

El sonido sordo resultó ser la camioneta de los herpetólogos pasando lentamente en el camino de terracería en busca de serpientes. El **camuflaje** de la piel de Katie no le sirvió de nada en la arena pálida del camino. Los herpetólogos la vieron y saltaron de la camioneta gritando contentos. La herpetóloga la alumbró con una linterna, mientras el otro la apretó en su cintura con unas pinzas, la recogió y con cuidado la echó en una bolsa de tela. Katie cascabeleó furiosamente, pero de nada le sirvió. El extremo de la bolsa que había estado abierto, estaba ahora atado con un nudo apretado y Katie no podría escapar.

HSL 81162

The herpetologists' secret tool was a tiny radio **transmitter**, only an inch long. They had caught many other western diamondback rattlesnakes and put a radio transmitter inside each of their bodies. Then they used a special **antenna** attached to a receiver that made a "beep, beep, beep" sound when it was pointed at the radio transmitter. So when a radio transmitter was inside a snake, they could find the snake by pointing the antenna in different directions until they heard the beeping sound. The beeping (which snakes can't hear) got louder as they got closer to the snake. Each snake's transmitter beeped at a different number setting on the receiver, so they could always tell which snake they were following. Katie didn't have a transmitter yet, and they decided to add her to their study by giving her one.

The herpetologists took Katie back to their **lab**. There, they took her out of the cloth bag and made her breathe in something that made her feel too drowsy to rattle, and she finally fell into a deep sleep. While she was sleeping, one of the herpetologists carefully cut a tiny hole in Katie's side. He gently inserted a radio transmitter through the hole, and then closed it with small stitches. Gradually, Katie woke up. She realized that she had no idea where she was. She rattled and flicked her tongue. All the smells here were strange and unfamiliar.

As soon as the herpetologists saw that she was alert again and rattling her tail, they put her back in the cloth bag and carefully took her back to where they had found her. Before Katie knew it, it was early morning, and she was slithering into the brush beside the road in the place where she had been caught. Katie wondered if she had imagined the whole thing, but she felt a slight pain in her side that hadn't been there before. It was all very puzzling, but she was back in the desert and had found the kangaroo rat trail again, so she supposed it didn't really matter. After a few days even the pain in her side went away, and she forgot about the experience completely.

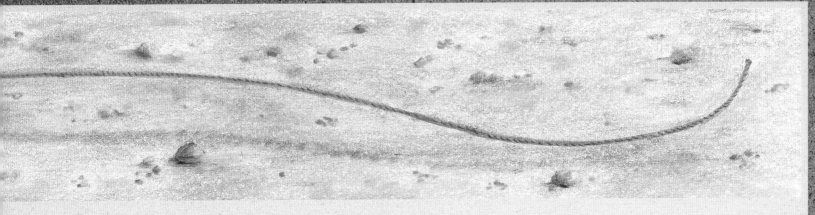

La herramienta secreta de los herpetólogos era un radio **transmisor** diminuto que medía tan sólo 2.5 cm. Ellos han atrapado muchas víboras cascabel de diamantes y les han puesto radio transmisores dentro de sus cuerpos. Después usan una **antena** especial unida a un receptor que pita "bip, bip, bip" cuando señala el radio transmisor. Así cuando un radio transmisor está dentro de una serpiente, ellos pueden encontrarla al mover la antena en todas direcciones hasta que escuchen el pitido de la señal electrónica. Este sonido que las serpientes no pueden escuchar se hace más fuerte conforme se acercan a ella. El transmisor de cada serpiente suena en diferentes frecuencias del receptor, de este modo ellos siempre saben cual serpiente están siguiendo. Katie no tenía transmisor y decidieron ponerle uno para agregarla al estudio.

Los herpetólogos se llevaron a Katie a su **laboratorio**. Allí la sacaron de la bolsa de tela y la hicieron que respirara algo que la adormeció mucho como para cascabelear y por fin cayó en un sueño muy profundo. Mientras dormía, uno de los herpetólogos con mucho cuidado cortó un hoyito en un lado de Katie. Cuidadosamente le insertó el radio transmisor por el hoyo y después lo cerró con unas puntaditas. Poco a poco Katie despertó. Entonces se dio cuenta que no sabía donde estaba. Movió su cascabel y sacudió su lengua. Todos los aromas de aquí le parecían extraños y desconocidos.

En cuanto los herpetólogos se dieron cuenta de que estaba despierta y moviendo el cascabel, la pusieron de vuelta en la bolsa de tela y con mucho cuidado la regresaron a donde la habían encontrado. Muy pronto amaneció y Katie se encontró deslizándose entre los matorrales junto al camino, en el mismo lugar que la habían atrapado. Katie se preguntaba si era su imaginación, pero sentía un dolorcito en un costado, el cual no había sentido antes. Todo le parecía un misterio, pero ella estaba de nuevo en el desierto y había encontrado otra vez las huellas de la rata canguro, entonces si algo pasó no importaba. Después de unos días también se le quitó el dolor y esa experiencia se le olvidó por completo.

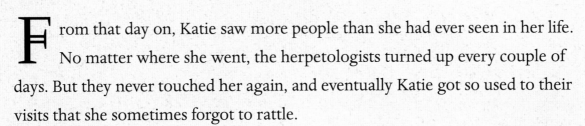

From that day on, Katie saw more people than she had ever seen in her life. No matter where she went, the herpetologists turned up every couple of days. But they never touched her again, and eventually Katie got so used to their visits that she sometimes forgot to rattle.

Of course, Katie didn't know it, but the herpetologists were following her by tracking her radio transmitter. While Katie slid easily under the prickly desert plants, the herpetologists had to fight their way through thorny hackberry bushes, tripping over **barrel cacti**, sometimes impaling themselves on the vicious needles of a **cholla**. But they were determined to find Katie. They were careful to disturb her as little as possible, but they watched her every move, and learned from it.

Desde ese día Katie vio más gente que toda la que había visto en su vida. No importaba a donde fuera, los herpetólogos aparecían cada dos días. Pero nunca la volvieron a tocar y con el tiempo Katie se acostumbró tanto a sus visitas que a veces se le olvidaba sonar su cascabel.

Por supuesto que Katie no lo sabía, pero a los herpetólogos ella nunca se les perdía porque le seguían la pista con su radio transmisor. Aunque Katie se metía fácilmente bajo las plantas espinosas del desierto, los herpetólogos batallaban para pasar por unos arbustos espinosos llamados garambullos, tropezándose con los cactus llamados **biznagas**, algunas veces picándose con las dolorosas espinas de una **choya**. Pero ellos estaban decididos a encontrar a Katie. Tenían mucho cuidado de molestarla lo menos posible, pero le seguían todos sus movimientos y así aprendían.

Aside from these visits, Katie's life went on as usual. One evening she came across a **California kingsnake**. The kingsnake had smooth skin banded with yellow and black. It was not venomous, like Katie, but she was frightened nonetheless.

Kingsnakes eat other snakes and are resistant to rattlesnake venom, so Katie's great weapon would be no protection. She puffed herself up and turned sideways to make herself look as big as possible. The kingsnake bit her once, but then decided she was too big for him to eat and slithered on in search of something easier to handle. The bite didn't hurt much. The kingsnake's teeth were small and Katie's skin was tough.

De no ser por estas visitas, la vida de Katie continuaba siendo normal. Una
noche se encontró una **culebra real común**. Esta culebra real tiene una piel suave con
franjas amarillas y negras. No era venosa como Katie, sin embargo asustaba.

Las culebras reales se comen a otras serpientes y son resistentes al veneno de
las víboras de cascabel, entonces la gran arma de Katie no la protegería. Se infló y se
extendió de lado para parecer lo más grande posible. La culebra real la mordió una
vez, pero se dio cuenta de que era muy grande para comérsela y se deslizó en busca
de algo más fácil de manejar. La mordida no le dolió mucho porque los dientes de la
culebra real son muy pequeños y la piel de Katie era muy dura.

Very rarely, it rains in the desert. When it does, all the animals and plants make the most of it. Whenever it showered, Katie coiled her body into a neat dish shape and drank the water that collected in it. When she had finished, she licked every last drop of water that was left on the rough scales covering her body.

Katie **mated** in March. Toward August, she started to get thick and heavy around the middle. She found it harder and harder to drag herself about, but she was ravenously hungry, and still went out hunting every night. Finally, after she had eaten two kangaroo rats, she looked for **cover**. She was so fat she could hardly move. She knew she would make an easy meal for a **badger** or a **coyote**, and she was scared. But soon she found a kangaroo rat hole that led down a short passage to a wider chamber. It was exactly what Katie needed.

Es muy raro que llueva en el desierto. Cuando llueve, todos los animales y plantas le sacan la mayor ventaja posible. Siempre que llovía, Katie enroscaba su cuerpo en una forma de plato estupendo y tomaba el agua que allí se juntaba. Cuando terminaba lamía la última gota de agua que quedaba en las escamas ásperas que cubrían su cuerpo.

Katie se **apareó** en marzo. Para agosto su cintura empezaba a estar gruesa y pesada. Se le hacía muy, muy difícil arrastrarse pero estaba muy hambrienta y se esforzó por ir a cazar todas las noches. Finalmente, después de comerse dos ratas canguros, buscó un **refugio**. Estaba tan gorda que casi no se podía mover. Sabía que podía ser una comida fácil para un **tejón** o un **coyote** y tenía mucho miedo. Pero pronto encontró una ratonera de una rata canguro que llevaba a un pasillo chico y después a una cámara amplia. Exactamente lo que Katie necesitaba.

A few days later she gave birth to three small baby rattlesnakes, each not much thicker than a pencil.

As the babies grew, Katie sat coiled near the entrance to the **burrow**, poised to strike at anything that threatened her little family. Katie was constantly vigilant. One evening a badger came near the burrow. Katie tensed. Would the badger try to kill and eat her and her babies, or would he just wander by without noticing? Katie lay completely silent and still. Just as she thought the badger was going to continue on his way, he paused, turned back, and sniffed the air in the direction of the burrow. He hadn't seen Katie yet, but his sense of smell was leading him right towards her. Katie continued to wait silently as the badger got closer. The badger ambled closer to the entrance of the burrow. Katie gave a warning rattle. "Thwrrrrrrh!" The badger paused, glanced in her direction, and then continued straight for the burrow. Now, of course, the badger had seen her.

Días más tarde pareó tres viboritas de cascabel bebés, ninguna más gruesa que un lápiz.

Cuando los bebés crecían, Katie permaneció enroscada a la entrada de la **madriguera**, lista para atacar a cualquiera que amenazara su pequeña familia. Katie siempre vigilaba. Una noche un tejón se acercó a la madriguera. Katie se puso nerviosa. ¿Trataría el tejón de matar a ella y sus bebés? O ¿solamente pasaría sin verlos? Katie se quedó totalmente silenciosa e inmóvil. Precisamente cuando pensó que el tejón iba de paso, éste se detuvo, dio media vuelta y olfateo el aire hacia la madriguera. Aún no veía a Katie, pero su sentido del olfato lo estaba guiando directamente hacia ella. Katie seguía silenciosa conforme el tejón se acercaba. El tejón se fue acercando a la entrada de la madriguera. Katie sonó su cascabel como advertencia "¡Thwrrrrrrh!" El tejón se detuvo, echo un vistazo hacia ella y siguió directo a la madriguera. Ahora, sin duda el tejón ya la había visto.

Katie threw herself at him, sinking her long fangs deep into his side. Her venom would kill him, but would it act quickly enough to save the babies? The badger attacked with his claws, slashing open a wide wound on the back of Katie's neck. She was badly hurt and bleeding, but her only thought was to keep the badger away from her babies until the venom took effect.

Katie se lanzó sobre él, hundiendo sus largos colmillos profundamente en su costado. Su veneno lo mataría, pero, ¿sería lo suficientemente rápido como para salvar a sus bebés? El tejón atacó con sus garras, rasgando una herida grande en la nuca de Katie. Estaba muy mal herida y sangrando, pero sólo pensaba en espantar al tejón de sus bebés hasta que le hiciera efecto el veneno.

She slithered away from the burrow, trying to draw the badger away from it. Gradually, in minutes that seemed like hours, the badger staggered and collapsed on his side under a nearby hackberry bush. Katie rushed back to the burrow. The three babies were all coiled together in a heap in the corner, casually flicking their tongues, with no idea of the vicious battle that had just taken place to protect them. They were safe.

Ignoring the pain from her wound, Katie coiled herself up into exactly the position she'd been in before, outside the burrow. She stayed like this for days until the babies shed their skins for the first time. By this time Katie was thin and weak, exhausted from the effort of mothering. The wound on her neck was healing, but it still hurt. The babies were ready to go out on their own. They already had fangs and powerful venom. They knew by instinct how to hunt and did not need to be taught. It was time for Katie to leave the babies to fend for themselves, and to take care of herself.

Se alejó deslizándose de la madriguera, tratando de apartar al tejón de allí.
Poco a poco, en minutos que parecieron horas, el tejón se tambaleó y se desplomó en
su costado debajo de un garambullo cercano. Katie regresó deprisa a la madriguera.
Los tres bebés estaban enroscados juntos en un montoncito en la esquina, sacando
y metiendo sus lenguas tranquilamente, sin tener idea de la peligrosa batalla que se
había lidiado para protegerlos. Estaban a salvo.

Ignorando el dolor de su herida, Katie se enroscó exactamente en la misma
posición que estaba por fuera de la madriguera. Así se quedó muchos días hasta que
los bebés mudaron sus pieles por primera vez. Para entonces Katie estaba muy delgada
y débil, agotada por todos los esfuerzos de los cuidados maternales. La herida en su
nuca se estaba curando, pero todavía le dolía. Los bebés estaban listos para cuidarse
por sí mismos, ya tenían colmillos y un veneno poderoso. Por instinto sabían como
cazar y no necesitaban que se les enseñara. Era tiempo de que Katie dejara que los
bebés se valieran por ellos mismos y de cuidarse ella misma.

When the herpetologists next visited, they were worried to see Katie in such bad shape. Would she survive? One of the herpetologists wanted to catch her and take her back to the lab where they could tend to her wound and feed her until she had her strength back. But the other herpetologist pointed out that they were conducting a scientific study. If they wanted to learn how rattlesnakes *really* lived, then they mustn't interfere with nature—even if it meant the death of a snake. Death is as natural an occurrence as birth. So they decided to let Katie fend for herself as best she could.

Katie roamed long distances in search of food. She was so determined to survive that sometimes she traveled nearly a mile in just a few nights. After several nights of following her through the desert, the herpetologists started using their truck to track Katie, since the distances around all the prickly plants were too long to walk. They had never known a female rattlesnake to make such long journeys, and they were very impressed.

Her travels in search of food paid off. As soon as she had swallowed her second kangaroo rat, Katie noticed that the desert was starting to cool off. The days were not as hot as before, and she started to feel sleepy. She found a kangaroo rat burrow and crawled in. It was spacious inside, with a long network of tunnels and several wider caverns. Katie decided it would make a highly satisfactory place to wait out the winter. She curled up and dozed.

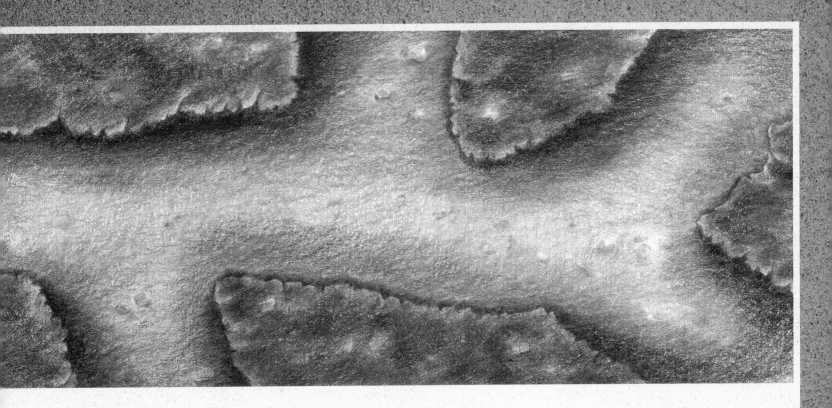

En la siguiente visita los herpetólogos se preocuparon cuando vieron a Katie tan mal. ¿Sobreviviría? Uno de los herpetólogos quería atraparla y llevársela al laboratorio donde le curarían sus heridas y la alimentarían hasta que recuperara sus fuerzas. Pero la herpetóloga señaló que estaban realizando un estudio científico. Si querían aprender como las víboras de cascabel *realmente* vivían, entonces no deberían interferir con la naturaleza, incluso cuando esto significara la muerte de una serpiente. La muerte es un acontecimiento tan natural como el nacimiento. Así, decidieron dejar a Katie para que cuidara de si misma tan bien como pudiera.

Katie recorrió grandes distancias en busca de alimento. Estaba tan determinada a sobrevivir que algunas veces viajó casi kilómetro y medio en unas cuantas noches. Después de varias noches de seguirla en el desierto, los herpetólogos empezaron a usar su camioneta para seguir la huella de Katie ya que las distancias en las plantas espinosas eran muy largas para caminar. Nunca habían sabido que una víbora de cascabel hembra hiciera recorridos tan largos y estaban muy impresionados.

Sus recorridos en busca de alimento valieron la pena. En cuanto se comió su segunda rata canguro, Katie se dio cuenta que el desierto empezaba a refrescar. Los días ya no eran tan calientes y ella empezaba a sentirse adormilada. Encontró una madriguera de una rata canguro y se metió allí. Estaba muy amplia por dentro con una red de túneles largos y varias cavernas grandes. Katie decidió que sería un lugar sumamente agradable para pasar el invierno. Se enroscó y se durmió.

While Katie rested, the herpetologists came to check on her every few days, and every time the beeping signal led them to the same place in the ground, so they could tell she must be underneath. They found the entrance hole and guessed that was where she had entered.

The winter rains came, and the surface of the desert floor became soft and muddy. A herd of cattle walked over the ground above Katie's burrow and trampled over the entrance hole. When the rains stopped the sun came out and dried the earth again, baking it hard.

In March the desert started to warm up again. The rain had been greedily sucked up by the desert plants, and they sprouted flowers—yellow, purple, and red. All over the desert, rattlesnakes in holes and crevices felt the warmth and found they were hungry. The herpetologists watched every day as the many rattlesnakes in which they had placed radio transmitters left their holes and dens in search of food. Katie also decided it was time to move on. But when she went to the place where she was sure the entrance hole had been, she found it blocked by a wall of hard desert earth. She pushed against the earth with her **snout**, but it was rock solid. In a panic she pushed and pushed until her nose was scraped and bleeding. Eventually she realized that there was no way to move the earth. She was buried alive.

Cuando Katie descansaba, los herpetólogos vinieron a revisarla cada dos o tres días y cada vez que el sonido electrónico les señalaba el mismo lugar en la tierra, ellos podían saber que allí debía de estar debajo. Encontraron el hoyo de entrada y supusieron que por allí había entrado.

Cuando llegaron las lluvias de invierno la superficie del suelo del desierto se ablandó y se puso lodosa. El ganado pasó encima de la madriguera de Katie y pisoteo el hoyo de entrada. Cuando dejo de llover, el sol salió y endureció la tierra de nuevo, haciéndola muy dura.

En marzo el desierto se empezó a calentar otra vez. El agua había sido absorbida ávidamente por las plantas del desierto y brotaron flores amarillas, moradas y rojas. En todo el desierto las víboras de cascabel que estaban en hoyos y grietas sintieron el calor y se sintieron con hambre. Los herpetólogos observaban cada día que todas las víboras de cascabel a las que les habían puesto radio transmisores dejaban sus hoyos y madrigueras en busca de alimento. También Katie decidió que era tiempo de salir. Pero cuando fue al lugar donde estaba segura se encontraba el hoyo de entrada, lo encontró tapado por una pared de tierra dura del desierto. Ella empujó la tierra con su **hocico** pero era una piedra sólida. Aterrada empujó y empujó hasta que se raspó la nariz y le sangró. Finalmente se dio cuenta de que no había manera de mover la tierra. Estaba enterrada viva.

The herpetologists still checked Katie's signal every couple of days, and each time it led them to the same place on the ground, so they knew she was still there. By late April they started to worry. Katie's signal had come from underground since October and they didn't think she had made any outings in search of food. When all the other snakes were moving again, they decided it was definitely strange that Katie had not moved. They noticed that cattle had trampled over the entrance hole, but they didn't know whether this was the only entrance into the network of tunnels. The likeliest explanation was that Katie had been trapped underground and was dead. The herpetologists felt sad. Katie had been one of their favorite snakes, with her babies and her long, brave journeys. Finally, they decided to dig up the hole. The signal still came from the hole, but of course the radio transmitter would keep beeping even if the snake had died.

The herpetologists pinpointed the exact spot on the ground that the signal was coming from. One started digging with a big shovel. The ground was hard, and it was slow work. The herpetologist holding the antenna was still following the signal. He told his companion to stop shoveling for a moment so he could listen again. Had the signal moved a bit? The beeping didn't seem to be coming from the exact spot where they were digging anymore. Was it possible that Katie was still alive and, disturbed by the noise of the shovel, had moved in the underground tunnel?

Los herpetólogos siguieron revisando la señal de Katie cada dos días y cada vez les señalaba el mismo lugar en la tierra, de modo que sabían que todavía estaba allí. A finales de abril se empezaron a preocupar. La señal de Katie salía de debajo de la tierra desde octubre y creían que no había salido ninguna vez a buscar comida. Cuando todas las serpientes estaban moviéndose otra vez, pensaron que era muy extraño que Katie no se moviera. Se fijaron que el ganado había pisoteado el hoyo de entrada, pero no sabían si esta era la única entrada a la red de túneles. Lo más probable era que Katie había quedado atrapada debajo de la tierra y estaba muerta. Los herpetólogos se sintieron muy tristes. Katie era una de sus serpientes favoritas con sus bebés y su valor para hacer largos recorridos. Por último decidieron excavar el hoyo. El pitido seguía saliendo del hoyo, pero por supuesto que el radio transmisor seguiría pitando auque la víbora estuviera muerta.

Los herpetólogos señalaron el lugar exacto en el suelo de donde salía la señal. Uno de ellos empezó a excavar con una pala grande. El suelo estaba muy duro y este era un trabajo lento. El herpetólogo con la antena todavía seguía la señal y le pidió a su compañera que parara de excavar por un momento para poder oír de nuevo. ¿Se movió la señal un poquito? El pitido parecía que ya no venía del mismo lugar donde estaban excavando. ¿Posiblemente Katie estaba viva y perturbada por el ruido de la pala se había movido en el túnel subterráneo?

The herpetologist with the shovel started digging again at the new place. She felt a glimmer of excitement and hope. Maybe Katie was okay after all! After a few shovelfuls she stopped. Could that be the edge of an opening at the bottom of the hole? She crouched down and started clearing away the loose earth with her hands, enlarging the opening. Suddenly she heard a loud rattling. She had never been so happy to hear that sound. She quickly pulled her hand away from the hole—just in time to see a head and a little black tongue. The herpetologists cheered!

La herpetóloga con la pala empezó a excavar en el lugar nuevo y sintió un rayo de esperanza y de emoción, ¡Tal vez Katie estaba bien después de todo! Después de unas cuantas paladas se detuvo. ¿Podría ser esta la orilla de una abertura en el fondo del hoyo? Se puso en cuclillas y empezó a quitar con sus manos la tierra suelta, haciendo más grande el hoyo. De repente escuchó el sonido fuerte del cascabel. Nunca se había puesto tan contenta al escuchar ese sonido. Rápido sacó su mano del hoyo, justo a tiempo para ver una cabeza y una lengüita negra. ¡Los herpetólogos aplaudieron!

Katie flicked her tongue through the opening. The desert air had never tasted so fresh and good. The herpetologists loosely covered the hole with pieces of dead prickly pear cactus to hide Katie's escape route. Then they quietly left her in peace. As soon as they were gone, Katie crawled out through the new opening and slithered away until she found a shady place under a bursage bush to curl up in. She felt weak with relief, and very hungry.

Katie movía rápido su lengua de un lado a otro de la abertura. El aire del desierto nunca le había parecido tan fresco y tan bueno. Los herpetólogos cubrieron el hoyo sin apretarlo con nopales secos para esconder la ruta de escape de Katie. Y después sin hacer ruido la dejaron en paz. Tan pronto como se fueron, Katie se arrastró por la nueva abertura y se alejó deslizándose hasta que encontró un lugar sombreado debajo de un chamizo para enroscarse. Con alivio se sintió débil y con mucha hambre.

The next morning, the herpetologists came back to see whether Katie had moved. They didn't stay long, but they brought her a dead kangaroo rat they'd found on the road as a gift. Katie immediately struck it, sinking her long fangs into it as deep as they would go. Then she waited until the herpetologists had left and ate the rat in one delicious swallow.

Katie was going to be okay.

A la mañana siguiente, los herpetólogos regresaron para ver si Katie se había movido. No se quedaron mucho tiempo, pero le trajeron de regalo una rata canguro que habían encontrado en el camino. Katie inmediatamente la atacó, hundiendo sus largos colmillos tan profundo como pudo. Y después esperó hasta que se fueron los herpetólogos para comerse la rata tragándosela deliciosamente.

Katie va a estar bien.

Animals and Plants in *Katie of the Sonoran Desert*

REPTILES

California kingsnake (*Lampropeltis getula*)
"Home" for a California kingsnake can be any number of habitats—from hot deserts to mountain forests—from the Atlantic to the Pacific Ocean in the southern half of the United States and into Mexico. Also called California, black, desert, and speckled kingsnake, this species wears different colors or patterns depending on where it lives. Unlike rattlesnakes, they have no venom, and their skin looks sleek and shiny. Kingsnakes don't give birth to live babies; they lay eggs. Nocturnal only in hot summer months, the California kingsnake eats small mammals, birds, eggs, and many kinds of herps, including other snakes—even rattlesnakes, as we learned in the story of Katie. After grabbing a rattlesnake in its powerful jaws, a kingsnake will coil its body around the rattlesnake's body and tighten the coils, squeezing until the rattlesnake dies.

Western diamondback rattlesnake (*Crotalus atrox*)
One of the most common snakes in the American Southwest, this rattlesnake has a reputation for being dangerous—and it is! Although it is not as aggressive as some others, when disturbed it can strike quickly, and a bite from a western diamondback rattlesnake (which has more venom than other rattlesnakes) *can* be fatal. Like other rattlesnakes, Katie and her kind can actually "see" the heat radiating from animals and other objects—a great way to locate prey in the dark.

These big-headed snakes have sharp, hollow fangs, like medical needles, that fold in and out of the mouth as needed. In a flash, it can inject venom into its prey, killing the animal for a leisurely meal. The venom also helps digest the prey's tissues. Western diamondback rattlesnakes feed mostly on small mammals—mainly **rodents**—but will also eat birds, lizards, frogs, and toads. Females give birth to live snakes in mid-summer, sometimes in broods of just two or three young, but often in broods of a dozen or more. In the Sonoran Desert they are one of the largest snake species, commonly growing to three or four feet long. You can tell this rattlesnake from other Sonoran Desert rattlers by the obvious black and white bands of equal width around its tail, beginning at the base of its rattle.

MAMMALS

Badger (*Taxidea taxus*)

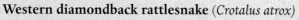

The badger is a nocturnal mammal with great strength, a bad temper, and jaws like a vice. Full grown, it is about the size of a very large holiday turkey. Long tawny fur covers its broad back, and a white stripe runs down the center to a pointed snout. Walking, it looks awkward or clumsy, partly because of its short legs and partly because its hind feet are flat. It doesn't walk on its back toes like most mammals do. This makes the badger a little slow, but it has long, strong claws that can dig easily into the ground to get its prey. In the same family as the skunk, the badger can also release a musky smell (but not in a directed spray).

Animales y plantas en *Katie del Desierto Sonorense*

Reptiles

Culebra real común (*Lampropeltis getula*)

Las culebras reales viven desde los desiertos cálidos a los bosques de montaña, desde el Atlántico al Océano Pacífico y desde la mitad meridional de Los Estados Unidos hacia México. También llamada serpiente real californiana, serpiente real negra, serpiente real desértica y serpiente real pecosa, esta especie usa diferentes colores o diseños dependiendo de donde vive.

A diferencia de las víboras de cascabel, no tienen veneno y su piel es lisa y brillante. Las culebras reales tampoco paren bebés vivos; ellas ponen huevos. Nocturna sólo en los meses cálidos del verano, la culebra real común come mamíferos pequeños, pájaros, huevos y varios tipos de herpetos entre las que se incluyen otras serpientes, incluso víboras de cascabel como aprendimos en el cuento de Katie. Después de apresar a la víbora de cascabel con sus fuertes mandíbulas, una culebra real enroscara su cuerpo alrededor del cuerpo de la serpiente y la apretará y la exprimirá hasta que la víbora muere.

Cascabel de diamantes (*Crotalus atrox*)

Una de las serpientes más comunes en el Suroeste Americano, esta víbora de cascabel tiene reputación de ser peligrosa ¡y lo es! Aunque no es agresiva como otras, cuando se le molesta puede atacar muy rápido y una mordida de una cascabel de diamantes, por tener más veneno que otras víboras de cascabel *puede* ser fatal. Al igual que otras víboras de cascabel, Katie y sus parientes en efecto pueden "ver" el calor radiando de los animales y otros objetos, una forma muy eficaz para localizar presas en la oscuridad.

Estas serpientes de cabeza grande tienen colmillos puntiagudos y huecos como agujas médicas y los desdoblan hacia fuera de su boca según lo necesitan. Como rayo pueden inyectar veneno en su presa, matando al animal para tener una comida cómodamente. El veneno también ayuda a digerir los tejidos de la presa. Las cascabeles de diamantes se alimentan principalmente de mamíferos pequeños, especialmente **roedores**, pero también comen pájaros, lagartijas, ranas y sapos. Las hembras paren víboras vivas a mediados del verano, algunas veces en camadas de sólo dos o tres crías, pero con frecuencia tienen camadas de una docena o más. En el Desierto Sonorense, esta es la especie de serpiente más grande, generalmente alcanzando de 0.9 a 1.2 m de largo. Puedes diferenciar esta víbora de cascabel de las otras especies de cascabeles del Desierto Sonorense por las listas blanco y negro obvias en su cola, que empiezan en la base del cascabel.

Mamíferos

Tejón (*Taxidea taxus*)

El tejón es un animal nocturno con una gran fuerza, un mal genio y unas quijadas tan potentes que parece imposible que suelten. De adultos son del tamaño de un pavo muy grande listo para hornearse. Pelaje largo y leonado cubre su ancho lomo y una lista blanca corre por el centro del mismo para terminar en su hocico puntiagudo. Cuando camina se ve muy torpe, en parte porque tiene patas cortas y en parte porque sus pies traseros son planos. No pisa con sus patas traseras como lo hacen casi todos los mamíferos. Esto hace que el tejón sea un poco lento, pero tiene largas y fuertes garras para excavar fácilmente en la tierra para atrapar a su presa. De la misma familia que el zorrillo, el tejón también suelta un olor almizclado (pero no rocía directamente).

Coyote (*Canis latrus*)

The coyote has long had a reputation among Native Americans for being clever—a trickster. Indeed, coyotes are very smart and highly adaptable. They are social animals that usually live in family groups and often work together to hunt deer or other large prey. Coyotes yip, yelp, and howl to keep track of each other. They den either in underground burrows or some other protected area to sleep and to rear pups. Found all over North and Central America, in the Sonoran Desert they inhabit desert valleys, grasslands, and mountain foothills, often venturing into suburban or urban neighborhoods. A true omnivore, it will eat whatever is available—from people's garbage, to snakes, crickets, mesquite beans, seeds, and cactus fruits—but it prefers mammals, small or large. In turn, it is hunted by larger animals, such as bears and mountain lions.

Kangaroo rat (*Dipodomys* spp.)

The kangaroo rat is a rodent, but it is not a true rat. Four species of kangaroo rats bound about in the Sonoran Desert: the banner-tailed, the Merriam's, the desert, and the Baja California kangaroo rat. They are generally larger than pocket mice—twice as big or more—with big eyes, and little ears. Their hind feet are proportionately bigger and stronger, which allows them to hop long distances—up to 9 feet in a single bound (hence their common name)! This helps them escape the many animals that prey on kangaroo rats (from Katie's kin to coyotes, foxes, and bobcats). Their sharp ears, which can hear the slither of a snake, also help. Kangaroo rats are mainly seed-eaters, well adapted to parched lands, and they can produce water from the seeds they eat and digest. Kangaroo rats and pocket mice both have pockets of furred skin on the *outside* of their cheeks in which to carry seeds.

Pocket mouse (*Perognathus* and *Chaetodipus* spp.)

Like kangaroo rats versus true rats, pocket mice look like mice, are called mice, but are not a true mouse species! Species of pocket mice in the Sonoran Desert are tiny, smaller and almost as light as a ping-pong ball. About a dozen species of pocket mice live in the Sonoran Desert. In Arizona there are six species that are particularly common (Bailey's, little, long-tailed, rock, Arizona, and the desert pocket mouse). Though many fall prey to mammals, birds, and reptiles, pocket mice reproduce quickly and abundantly, ensuring each species' survival.

Their fur can be tan or rusty or grayish, and most have a slight tuft of fur at the end of their long tails. Pocket mice live and forage alone, mainly gathering and storing seeds of grasses, shrubs, or weeds, as well as mesquite beans. Most pocket mice almost never drink water. Like kangaroo rats, their bodies can make and conserve liquid from their food. When the sun is out, they stay underground, where it is not as hot or dry. If the heat becomes unbearable, some species will **estivate** to keep from overheating.

Insects and Other Arthropods

Arizona blond tarantula (*Aphonopelma chalcodes*)

You might think of this fellow as the gentle giant of the spider world. Its big hairy body and fangs may make it look ferocious, but with people, at least, it is one of the passive arthropods in the desert, often lumbering onto a person's hand if it is not threatened. However, a tarantula can fling tiny barbed hairs from its back, hurting a predator's eyes and nose if necessary. When hunting their own meal, tarantulas stay in their burrow until an animal touches a line of web across its entrance, then the spider will jump out and inject it with venom. Tarantulas dig their own burrows and stay in them during the day. The females can live to be 20 years old!

Coyote (*Canis latrus*)

Entre los indígenas americanos, los coyotes siempre han tenido fama de ser astutos y tramposos. Efectivamente los coyotes son muy listos y sumamente adaptables. Son animales sociables que generalmente viven en grupos de familias y con frecuencia trabajan juntos para cazar venados u otras presas grandes. Los coyotes gritan, ladran y aúllan para estar pendientes unos de otros. Y habitan madrigueras subterráneas o algunas otras áreas protegidas para dormir y criar a sus cachorros.

Los coyotes se encuentran a lo largo de toda Norteamérica y Centroamérica y en el Desierto Sonorense habitan los valles desérticos, los pastizales y las faldas de las sierras y a menudo se aventuran en los barrios urbanos o suburbanos. Un verdadero omnívoro, comerá lo que encuentre disponible desde basura de la gente, serpientes, grillos, péchitas de mezquite, semillas y tunas, pero su comida favorita son los mamíferos ya sean grandes o pequeños. A su vez, ellos son cazados por animales grandes como los osos y los leones.

Rata canguro (*Dipodomys* spp.)

La rata canguro es un roedor, pero no una rata verdadera. Cuatro especies de ratas canguro brincan en el Desierto Sonorense: la cola de pendón, la de Merriam, la del desierto y la de Baja California. Generalmente son más grandes que el ratón de abazones, el doble de tamaño o más, con ojos grandes y orejas muy chiquitas. Sus patas traseras son proporcionalmente más grandes y más fuertes, lo que les permite saltar distancias muy largas ¡2.7 m de un solo salto, de allí su nombre común! Esto les ayuda a escapar de los varios animales depredadores de ratas canguro desde los parientes de Katie, coyotes, zorras y gatos monteses. Sus agudos oídos que pueden escuchar el deslizamiento de una serpiente, también ayudan.

Las ratas canguros son principalmente comedoras de semillas, están bien adaptadas a los terrenos resecos y pueden producir agua de las semillas que comen y digieren. Las ratas canguros y los ratones de abazones tienen abazones de piel peluda en el *exterior* de sus mejillas para llevar semillas.

Ratón de abazones (*Perognathus* y *Chaetodipus* spp.)

Al igual que las ratas canguros comparadas con las ratas verdaderas, los ratones de abazones parecen ratones, se les llama ratones, pero ¡no son una especie verdadera de ratón! Las especies de ratones de abazones en el Desierto Sonorense son muy chiquitas y casi tan ligeras como una pelota de pimpón. Cerca de una docena de ratones de abazones viven en el Desierto Sonorense. En Arizona seis especies de ratones de abazones son especialmente comunes: de Bailey, el pequeño, el de cola larga, el de las piedras, el de Arizona y el del desierto. Aunque muchos son víctimas de mamíferos, aves y reptiles, los ratones de abazones se reproducen rápido y en abundancia, asegurando la supervivencia de cada especie.

Su pelaje puede ser color de canela, rojizo, o plomizo y la mayoría tiene un mechón ralo en la punta de sus largas colas. Los ratones de abazones viven y forrajean solos, principalmente colectando y almacenando semillas de zacates, arbustos o malezas, así como péchitas de mezquite. La mayoría de ratones de abazones casi nunca toman agua. Del mismo modo que las ratas canguros, sus cuerpos pueden obtener y conservar líquido de su comida. Cuando está soleado están bajo tierra, donde no está caliente o seco. Si el calor se vuelve insoportable, algunas especies van a **estivar** para evitar sobrecalentarse.

INSECTOS Y OTROS ARTHRÓPODOS

Tarántula (*Aphonopelma chalcodes*)

Se podría pensar que esta criatura es el gigante mansito del mundo de las arañas. Su cuerpo grande y peludo y sus colmillos quizás le den una apariencia feroz, pero con la gente, por lo menos es uno de los artrópodos pasivos del desierto y si no se siente amenazada puede andar toscamente en la mano de una persona. Sin embargo, una tarántula puede erizar pequeños pelos como púas de su parte posterior y lesionar los ojos y la nariz de un depredador cuando sea necesario. Cuando cazan para comer, las tarántulas se quedan en su madriguera hasta que un animal toca una línea de la telaraña que cruza su entrada, entonces la araña brincará hacia fuera y lo inyectará con veneno. Las tarántulas excavan sus propias madrigueras y allí permanecen durante el día. ¡Las hembras pueden vivir hasta 20 años!

Black widow spider (*Latrodectus hesperus*)

Black widows are commonly found both in the wild and in and around people's homes in the Sonoran Desert. Be careful around them, because they have especially strong venom, and although shy, they will bite to defend themselves. The females have a shiny dark or black body about one half inch or slightly longer, with a round abdomen. Like other spiders, black widows have no teeth; they use venom to dissolve their prey so they can suck up their meal. Males are often killed by the females after they have mated, thus the common name.

Cactus long-horned beetle (*Moneilema gigas*)

You might find this big, shiny black beetle crawling up to the top of a cholla or prickly pear cactus—two of its preferred dinner choices—in the morning or early evening, especially after the summer rains when new growth will be tender. You can tell this species from similar Sonoran Desert beetles by the white spots on its long, sweeping antennae—which can be as long or longer than its body, up to an inch and a quarter or so. If you get too close, it may rub its thorax against its abdomen to make a squeak at you, as it does when it feels threatened. You'll never see this beetle fly; its forewings form a hard shell over the body, and the hindwings are vestigial. However it is a good climber, and that hard shell keeps it from losing moisture to the dry desert air. Its larvae bore into cactus stems and roots to eat the juicy flesh before pupating and metamorphosing into adult beetles. Certain lizards and rodents prey on cactus long-horned beetles.

White-line sphinx moth (*Hyles lineata*)

At a glance, you might mistake this large, heavy-set insect for a hummingbird as it hovers over flowers, sucking sweet nectar through its long proboscis (the flexible "straw" that it can curl up when it isn't drinking nectar through it). Also called hawk moths, sphinx moths fly at dusk or at night and are major pollinators of saguaros, datura, primroses, and night-blooming cereus. Their larvae—called hornworms— are up to four inches long, and are tubby green and black-striped caterpillars that might look yucky to you in your garden or on your trees, but remember that moths, especially sphinx moths, play an important role in desert ecosystems.

BIRDS

Hummingbirds (various species in the order Apodiformes)

In the Sonoran Desert, "hummers" can be fearless or friendly around your house, showering in the spray of your garden hose on a hot summer day. Occasionally, a hummingbird will zoom in and "click, click" at their people friends to let them know a feeder needs refilling. But most of these small, long-beaked wonders live out in the open desert, pollinating wildflowers. They will also catch tiny flying insects in midair. Hummingbird wings beat so rapidly we can only see a blur, and the little acrobats can turn sharply at top speed or hover in one spot. More than a dozen species of hummingbirds are known in the Sonoran Desert region, most of which migrate yearly from southern Mexico and Central America. Males flash like jewels in the sun, with patches of brilliant color—red, purple, or blue-green—on their necks or heads.

Viuda negra (*Latrodectus hesperus*)

Las viudas negras se encuentran comúnmente tanto en hábitats naturales como dentro y alrededor de los hogares de la gente en el Desierto Sonorense. Ten cuidado con ellas porque tienen un veneno muy potente y aunque son tímidas, morderán para defenderse. Las hembras tienen un cuerpo negro u oscuro brillante de cerca de 1.25 cm. o un poco más largo, con un abdomen redondo. Al igual que otras arañas, las viudas negras no tienen dientes; usan veneno para disolver a su presa y así absorber su alimento. Las hembras a menudo matan a los machos después de aparearse, de donde les viene el nombre común.

Torito de la choya (*Moneilema gigas*)

Tal vez encuentres este escarabajo grande y negro brillante, en la mañana o temprano en la noche, subiéndose a la punta de una choya o de un nopal, dos de sus comidas favoritas, especialmente después de las lluvias del verano cuando tienen brotes tiernos. Puedes diferenciar esta especie de los escarabajos similares del Desierto Sonorense por las manchas blancas en sus antenas largas y extensas, las que pueden ser tan largas o más largas que su cuerpo y alcanzar poco más de 3 cm. de largo. Si te acercas mucho, puede ser que frote su tórax en su abdomen para hacer un chillido, como lo hace cuando se siente amenazado. Nunca verás a este escarabajo volar ya que sus alas anteriores forman una concha dura sobre su cuerpo y las alas posteriores son vestigiales. Sin embargo, es un buen trepador y esa concha dura evita que pierda humedad con el aire seco del desierto. Su larva barrena los tallos y raíces de los cactus para comer la pulpa jugosa antes de convertirse en crisálida y metamorfosearse en escarabajos adultos. Algunas lagartijas y roedores son depredadores de los toritos de la choya.

Palomilla, esfinge (*Hyles lineata*)

A primera vista, quizás confundas este insecto grande y corpulento con una chuparrosa cuando revolotea en las flores chupando el dulce néctar con su larga probóscide (el "popote" flexible que se enrolla cuando no lo usa para beber néctar). También llamadas palomillas halcón, estas palomillas vuelan al anochecer o en la noche y son polinizadores importantes de los sahuaros, toloaches, onagras y el cactus reina de la noche. Su larva (llamada gusano de antena) puede medir hasta 10 cm. de largo y son orugas rechonchas verdes, con franjas negras y tal vez te den asco cuando las veas en el jardín o en los árboles, pero recuerda que las esfinges, en especial esta palomilla, juegan un papel importante en los ecosistemas desérticos.

Pájaros

Chuparrosas, colibríes (varias especies en el orden Apodiformes)

En el Desierto Sonorense, las chuparrosas pueden ser intrépidas o amistosas afuera de tu casa, bañándose en el rocío de la manguera en un día caluroso de verano. En ocasiones, una chuparrosa se acercará zumbando y hará "clic, clic" a sus amigos para avisarles que necesitan llenar su bebedero. Pero la mayoría de estas pequeñas maravillas de pico largo viven al aire libre en el desierto, polinizando las flores del campo. También atraparán pequeñitos insectos voladores flotando en el aire. Las chuparrosas baten sus alas tan rápidamente que vemos tan sólo un borrón y estas pequeñas acróbatas pueden dar vueltas muy cerradas a toda velocidad o revolotear en un mismo lugar. En la región del Desierto Sonorense se conocen más de una docena de especies de chuparrosas y la mayoría de ellas migra anualmente desde el sur de México y América Central. Los machos resplandecen como joyas en el sol, con manchas de brillantes colores: rojo, morado o azul verde en sus cuellos o cabezas.

Plants

Barrel cactus (*Ferocactus* spp.)

Looking a lot like a juvenile saguaro (some can be more than seven feet tall), barrel cacti don't have arms. They have just one stem, which is pleated (like an accordion). Clusters of red or yellow spines grow along the ridge of each rib, creating a network of spines that protect the flesh of the cactus. You can usually tell a barrel cactus from a young saguaro by the hook at the end of its flat, central spine. A ring of flowers—yellow, orange, or red in most Sonoran Desert species—grows like a crown at the top of barrel cacti in summer. They are pollinated by cactus bees. The flesh of many barrel cactus species is poisonous, so if you are ever tempted to taste one, *don't!* The flowers and the fruit, however, are harmless. Though the plump, yellow fruits are not particularly tasty to humans, deer, squirrels, and other rodents eat them.

Cholla cactus (*Cylindropuntia* spp. or sometimes referred to as *Opuntia* spp.)

Watch out for jumping cholla! The name "cholla" describes several species of cactus, each with its own peculiar habits, but sharing a similar shape or growth form. Cholla stems look like tubes with bumpy, spiny skin. Cholla flowers come in a rainbow of colors—red, orange, yellow, green, and purple—no blue, but sometimes bronze or copper! Chollas thrive in the hot desert, even during times of **drought**.

The common names typically describe the species' signature characteristic. The chubby stems of teddy bear cholla are thick with long golden spines, giving it a fuzzy appearance in the sunlight. Some chollas have short stem segments that detach from the plant at the lightest touch, catching on fur or skin or clothes. They detach so easily that people wonder if the spiny stems didn't leap onto their clothing—thus the name "jumping cholla." Other common species include the buckhorn and staghorn chollas—so-named because their branches remind people of the horns of a deer. Can you guess one characteristic of the pencil cholla?

Desert hackberry (*Celtis pallida*)

Spiny branches of the desert hackberry zigzag in a dense maze from close to the ground to its top, occasionally as high as 15 feet and nearly as wide. This thick, thorny, evergreen shrub provides a fortress for doves and other birds that nest within its branches, keeping large predators at bay. The hackberry bush flowers not once a year, but in spring, summer, and fall—producing pea-sized, sweet, juicy, yellow-orange fruits that birds, coyotes, foxes, javelina, and others enjoy. (People who have tried them usually enjoy them, too!)

Plantas

Biznaga (*Ferocactus* spp.)

Las biznagas se ven como un sahuaro regordete o un sahuaro juvenil gordo (algunas pueden medir más de dos metros) y no tienen brazos. Tienen un solo tallo que está plegado como un acordeón. Grupos de espinas rojas o amarillas crecen en la cresta de cada costilla, formando una red espinosa que protege la pulpa del cactus. Puedes diferenciar una biznaga de un sahuaro juvenil por el gancho en la punta de su espina central plana. Un aro de flores amarillas, anaranjadas o rojas, en la mayoría de las especies del Desierto Sonorense, crece como una corona encima de la biznaga en el verano. Son polinizadas por las abejas de los cactus.

   La pulpa de muchas especies de biznagas es venenosa, entonces si alguna vez te da la tentación de probar una, ¡no lo hagas! Sin embargo, las flores y los frutos son inofensivos. Aunque los frutos amarillos y rollizos no son muy sabrosos para los humanos, los venados, las ardillas y otros roedores los comen.

Choya (*Cylindropuntia* o algunas veces referida como *Opuntia* spp.)

   ¡Cuidado con la choya! El nombre "choya" describe varias especies de cactus, cada una con su hábito peculiar, pero compartiendo un aspecto similar o forma de crecimiento. Los tallos de las choyas parecen tubos con piel espinosa y con protuberancias. Las flores de choya se presentan en un arco iris de colores: rojas, anaranjadas, amarillas, verdes y moradas, no hay azules, ¡pero algunas son bronceadas o cobrizas! Las choyas crecen mejor en el desierto caliente, incluso durante los tiempos de **sequía**.

   Los nombres comunes en inglés típicamente describen las características particulares de la especie. Los tallos regordetes de la choya osito de trapo (choya güera) están tupidos con largas espinas doradas, dándole una apariencia de pelusa con la luz del sol. Algunas choyas tienen segmentos cortos en sus tallos que se desprenden de la planta con el toque más ligero, atrapándose en el pelaje, la piel o la ropa. Se desprenden tan fácil que la gente se pregunta si los tallos espinosos no brincaron a su ropa, de donde viene el nombre "choya brincadora". Otras especies comunes incluyen las choyas "cuernos de venado" (sibiri, tasajo), llamadas así porque sus brazos le recuerdan a la gente las astas de venado. ¿Puedes adivinar una característica de la choya de lápiz?

Garambullo (*Celtis pallida*)

Las ramas espinosas del garambullo zigzaguean en un laberinto denso desde cerca del suelo hasta su cima, y en ocasiones alcanza 4.5 m de alto y casi lo mismo de ancho. Este arbusto siempre verde, espinoso y denso proporciona una fortaleza para las palomas y otros pájaros que anidan en sus ramas, manteniendo a los depredadores a raya. El garambullo florece no sólo una vez al año sino también en la primavera, verano y otoño y produce frutos anaranjados-amarillos jugosos, dulces y del tamaño de un chícharo que disfrutan los pájaros, los coyotes, las zorras, los jabalíes, y otros. ¡La gente que los ha probado, por lo general también les gusta!

Ocotillo (*Fouquieria splendens*)

Some say "bizarre," some say "weird," but however you say it, ocotillos are obviously *different*! During long rainless stretches, ocotillo may look like a towering bouquet of mostly straight, unbranched, thorny brown stems, 10 to 20 feet tall. But within a few days after a soaking rain, like magic, lush green leaves emerge around the thorns. The thorns are actually hard, sharp leaf stalks that "stick around" after the leaves die and drop to the ground. The ocotillo's brilliant red flowers grow in an elongated mass at the tip of its stems, like flames on candles, and attract hummingbirds and carpenter bees looking for nectar. Ground squirrels like to eat ocotillo flowers and seeds.

Prickly pears (*Opuntia* spp.)

– If you've visited the Sonoran Desert region, you've probably seen mounds of cacti with flat pads growing skyward, each pad covered with large sharp spines and clusters of tiny needle-like spines called glochids. These plants are called prickly pears. The green pads of some species are circular, while the pads of others look like beavers' tails, and in other species they are even longer and skinnier, like someone stretched them. On some species the pads turn purplish or reddish when the plant is stressed. Rows of delicate yellow or pink flowers dot the top edge of the pads in spring. With the help of bees and other pollinators, these blossoms produce the red or purple "pears" or "figs" of the desert, a food for desert wildlife, as well as people, who make jellies or beverages with them. Javelina will chomp on the pads, and people eat some prickly pear pads, called "nopalitos"—de-spined, of course, and cooked.

Saguaro (*Carnegiea gigantea*)

A tall, slow-growing cactus, the saguaro takes in water through widespread roots after the desert rains and uses the stored water, as needed, through times of drought. A mature saguaro, which can be up to 40 feet tall and 200 years old, can weigh more than three thousand pounds and is mostly water!

This green giant plays an important role in the health of the Sonoran Desert. In the spring, nectar-feeding bats help pollinate its flowers as they seek nectar to fuel their migration. Bees, flies, sphinx moths, and birds also get nutrients from saguaro flowers. Desert animals of all kinds (including people) enjoy the saguaro's juicy red fruit in the hottest, driest part of summer. It also provides shelter for some birds. Woodpeckers and flickers peck holes for nesting sites in its trunk. And a dead saguaro provides food for thousands of beetles and invertebrates as it decomposes. In some places in the Sonoran Desert, such as the area around the Arizona-Sonora Desert Museum, great forests of saguaros dot the slopes of desert mountains.

Ocotillo (*Fouquieria splendens*)
Unos dicen "extraño" otros dicen
"raro", como quiera que lo digas, los
ocotillos obviamente ¡son *diferentes*!
Durante las largas temporadas sin lluvia,
el ocotillo quizás se vea como un ramo
enorme de tallos cafés, casi derechos,
espinosos y sin brazos, midiendo de 3
a 6 m de alto. Pero unos cuantos días
después de una lluvia empapadora,
como por arte de magia, hojas verdes y
frondosas emergen alrededor de las espinas. Las
espinas en realidad son pecíolos de las hojas, duros y
puntiagudos que quedan después de que las hojas mueren y caen al suelo. Las flores rojo
brillante del ocotillo crecen en ramos alargados en la punta de sus tallos, como las flamas
de las velas y atraen chuparrosas y jicotes que buscan su néctar. A los juancitos les gusta
comer las flores y las semillas del ocotillo.

Nopal (*Opuntia* spp.)
Si has visitado la región del Desierto Sonorense probablemente has visto montículos
de cactus con pencas planas creciendo hacia el cielo, cada penca cubierta con espinas
puntiagudas y montones de espinas como agujas llamados alguates o gloquidios. A estas
plantas se les llaman nopales. Las pencas verdes de algunas especies son circulares, en otras
parecen colas de castor y en otras especies son más largas y muy delgadas
como si alguien las hubiera estirado. En algunas especies las pencas se
ponen moradas o rojizas cuando las plantas están estresadas.
Hileras de delicadas flores amarillas o rosas delinean la orilla superior de
las pencas en la primavera. Con la ayuda de las abejas y otros polinizadores,
estas flores producen las tunas rojas o moradas, un alimento para los animales
silvestres del desierto, y la gente que prepara jaleas o bebidas con ellas. Los
jabalíes mastican las pencas y la gente come las pencas de nopal, llamados nopalitos,
por supuesto sin espinas y cocidos.

Sahuaro (*Carnegiea gigantea*)
Un cactus alto y de crecimiento lento, el sahuaro toma agua a través de sus extensas raíces
después de las lluvias del desierto y usa esta agua almacenada conforme la necesita en las
temporadas de sequía. Un sahuaro maduro puede alcanzar poco más de 12 m de altura y vivir
hasta 200 años y pesar más de 1300 kg. ¡Y es casi pura agua!
Este gigante verde juega un papel importante en la salud del Desierto Sonorense. En
la primavera, los murciélagos que se alimentan del néctar ayudan a polinizar sus flores cuando
buscan néctar para impulsar su migración. Las abejas, las moscas, las palomillas y los pájaros
también obtienen nutrientes de las flores del sahuaro. Los animales del desierto de todos tipos,
incluso la gente, disfrutan sus frutos rojos y jugosos en la temporada más seca y más caliente del
verano. También proporciona refugio para algunos pájaros. Los pájaros carpinteros y los pica palos
de pecherita picotean hoyos para anidar en su tronco. Y un sahuaro muerto proporciona alimento
para miles de escarabajos y otros invertebrados cuando se pudre. En algunos lugares del Desierto
Sonorense, como el área alrededor del Museo del Desierto Arizona-Sonora, excelentes bosques de
sahuaro embellecen las faldas de las colinas del desierto.

Herpetology and Herpetologists

Maybe you've seen frogs hopping on the edge of a stream or pond. Maybe you've watched lizards climb trees or do pushups on a rock. Maybe you've seen snakes slither under a bush or through a grassy field. Herpetology is the study of animals like these, and herpetologists are the people who study them.

Most herpetologists began as kids who loved to watch lizards and toads, or maybe they had pet snakes in cages, or saw tadpoles turn into frogs. As adults, herpetologists are still fascinated by these "**herps**," as reptiles and amphibians are affectionately called by the people who study them. One herpetologist we know talked enthusiastically about standing waist deep in the middle of a shallow pond in the Sonoran Desert, with a thousand spadefoot "toads" hopping all around him, croaking as loud as they could, calling for mates. He called it an "overwhelming experience of life." He and others with him caught and counted (and eventually released) the lively spadefoot "toads"—amphibians that look and act like toads.

"Herping" in the Sonoran Desert can be exciting. One night two herpetologists were out in the sand dunes of the Cabeza Prieta National Wildlife Refuge looking for snakes with a flashlight, when they came across a giant desert hairy scorpion. It was scurrying across the sand carrying a live desert horned lizard upside-down on its back! Now THAT'S not a sight you see every day!

Reptiles and Amphibians

Toads, frogs, and salamanders are some amphibians you might know. Most amphibians begin their lives underwater and **metamorphose** into adults that spend a good part of their lives on land. Although most also have lungs, they "breathe" through their thin skin, and this means that they have to make sure that they are always moist—no easy feat in a desert! Reptiles include animals like snakes, lizards, turtles, and crocodiles. Unlike amphibians, their skin is thick and fairly waterproof. Most reptiles are scaly or hard-shelled—low-lying creatures with short legs or no legs at all. Although Katie and all other rattlesnakes give birth to live babies, many other reptiles lay eggs.

Though reptiles and amphibians are different in many ways, most shed old layers of skin occasionally. (Many amphibians periodically rub off their old skin with their feet and stuff it in their mouths and eat it. Snakes shed their skins all in one piece, while other reptiles shed their skins in bits and pieces.)

La herpetología y los herpetólogos

Quizás has visto ranas saltando en la orilla de un arroyo o estanque. Quizás has observado a las cachoras treparse a los árboles o hacer lagartijas sobre una piedra. O quizás has visto una serpiente deslizarse debajo de un arbusto o cruzar un potrero. La herpetología es el estudio de animales como éstos y los herpetólogos son las personas que los estudian.

La mayoría de los herpetólogos empezaron cuando eran niños y les encantaba observar a las lagartijas y sapos, o quizás tuvieron culebras mascotas en terrarios, o vieron siboris o renacuajos transformarse en ranas. Ya adultos, los herpetólogos siguen fascinados con estos "**herpetos**" como les llama de cariño a los reptiles y anfibios la gente que los estudia. Un herpetólogo que conocemos platicó entusiasmado de la vez que estaba parado con el agua hasta la cintura en medio de un estanque no muy hondo en el Desierto Sonorense, con mil sapos cavadores (sapos patas de pala) saltando a su alrededor croando tan recio como podían, llamando a sus parejas. Y la describió como "una experiencia de vida abrumadora". Él y sus compañeros atraparon y contaron y después soltaron los alegres sapos cavadores: anfibios que parecen y actúan como sapos.

"Herpetear" en el Desierto Sonorense puede ser muy emocionante. Una noche dos herpetólogos fueron a las dunas de arena del Refugio de Vida Silvestre Nacional Cabeza Prieta a buscar serpientes con una linterna y se encontraron con un alacrán gigante. Iba corriendo deprisa en la arena y llevaba un camaleoncito vivo patas arriba ¡en su espalda! ¡ÉSTO no lo ves todos los días!

Los reptiles y los anfibios

Sapos, ranas y salamandras son algunos de los anfibios que tal vez conozcas. Casi todos los anfibios empiezan su vida debajo del agua y después se van a **metamorfosear** en adultos que pasaran gran parte de su vida en la tierra. Aunque la mayoría también tiene pulmones, ellos "respiran" por medio de su delgada piel, lo que significa que siempre deben tratar de estar húmedos ¡algo difícil en el desierto! Los reptiles incluyen animales como las serpientes, las cachoras o lagartijas, las tortugas y los cocodrilos. A diferencia de los anfibios, su piel es gruesa y completamente impermeable. La mayoría de los reptiles son escamosos o con concha dura, con cuerpo muy cerca del suelo, de patas cortas o sin patas. Aunque Katie y todas las víboras de cascabel paren bebés vivos, muchos otros reptiles ponen huevos.

Aunque los reptiles y los anfibios son diferentes en muchas formas, la mayoría mudan ocasionalmente sus capas de piel vieja. Muchos anfibios restriegan su piel vieja con sus patas y se la meten en la boca y se la comen. Las serpientes mudan su piel completa en una sola pieza, pero otros reptiles mudan en pedacitos y trozos. Tanto los reptiles como los anfibios son **ectotermos**, lo que significa que usan su ambiente para calentar sus cuerpos. Ellos necesitan entrar y salir a los lugares calientes para estar cómodos y activos. Si se enfrían mucho, ¡no se pueden ni mover! A casi todas las lagartijas les gusta asolearse en las piedras calientes para calentar sus cuerpos.

Both reptiles and amphibians are **ectotherms**; that is, they use their surroundings to warm their bodies. They need to move in and out of warm places to stay comfortable and active. If they are too cold, they can't even move! Most lizards like to sunbathe on warm rocks to warm their bodies.

Herps are amazing!

Some reptiles and amphibians can do things that sound like science fiction. Some frogs in cold, northern climates can freeze completely in winter and thaw from the inside out when spring returns, only to hop off and catch a meal. What a trick!

The Sonoran Desert has its share of *weird* herps. Regal horned lizards, which are armored with huge spikes on the back of their heads, can squirt a stream of blood from around their eyes at **predators** to protect themselves. This incredibly diverse region has many different kinds of reptiles and amphibians. Many have special physical adaptations that help them make better use of the plants, soils, and rains in the desert, such as the lizards that have fringed toes to help them run across sand. Spadefoot "toads" are named for the hard, shovel-like "spade" on their hind feet, with which they dig a deep hole for estivating during the long dry seasons.

Studying herps

Herpetologists often try to look at the world from an animal's point of view. By studying reptiles and amphibians, herpetologists learn about what "makes them tick" and how they fit into the web of life—studying herps helps us learn about their roles in the **natural community**. What and how do they eat? What kinds of places do they need for sleeping or hunting? Do they live alone or in groups? How do they get and use water? How fast do they move? How *do* they move if they have no legs? Are there fewer individuals of a particular kind of frog or snake than there were ten years ago? Why do some species live where they do, and not anyplace else? How many live in *your* neighborhood? How do they defend themselves? How did some snakes, and not others, evolve to be venomous over the ages?

Learning which snakes, toads, or lizards have **toxins** that can hurt you badly, and which are relatively harmless, is important information to have, especially for people who live in areas where these animals are common—like a jungle or…the Sonoran Desert. Because many people are afraid of snakes, snakes are often killed unnecessarily by people. Many people don't know that they are an important part of the **ecosystem**. What we learn by studying them will not only help us understand how plants and animals depend on each other, but also how we should behave to protect both ourselves *and* the creatures.

How do you become a herpetologist?

Girls and boys who want to become professional herpetologists generally take sciences in high school and go on to college to earn degrees in either biology (the study of living things), zoology (the study of animals), ecology (the study of living things

¡Los herpetos son asombrosos!

Algunos reptiles y anfibios pueden hacer cosas que parecen como de ciencia-ficción. Algunas ranas en climas muy fríos del norte pueden congelarse completamente en el invierno y deshelarse desde sus entrañas cuando llega la primavera para saltar y atrapar su comida, ¡que buen truco!

El Desierto Sonorense tiene su porción de herpetos *extraños*. Los camaleones coronados que están armados con púas grandísimas atrás de su cabeza, para protegerse pueden arrojar chorros de sangre de sus ojos en los **depredadores**. Esta región increíblemente diversa tiene muchos tipos diferentes de reptiles y anfibios. Varios tienen adaptaciones físicas especiales que les ayudan a sacar el mayor provecho de las plantas, los suelos, y las lluvias en el desierto, tal como las lagartijas que tienen dedos con bordes que les ayudan a correr en la arena. A los sapos cavadores en inglés se les llama "spadefoots" (patas de pala) por la azada en forma de pala de sus patas traseras, con las que excavan un hoyo profundo para estivar durante las largas temporadas secas.

El estudio de los herpetos

Los herpetólogos a menudo tratan de mirar el mundo desde el punto de vista de un animal. Al estudiar reptiles y anfibios, los herpetólogos aprenden "como funcionan" y como encajan en la red de vida, o sea que el estudiar los herpetos nos ayuda a aprender que papel juegan en la **comunidad natural**. ¿Qué y cómo comen? ¿Qué tipos de lugares necesitan para dormir o cazar? ¿Viven solos o en grupos? ¿Cómo obtienen y usan el agua? ¿Qué tan rápido se mueven? ¿Cómo *se* mueven si no tienen patas? ¿Hay menos individuos de un tipo particular de ranas o serpientes de los que había hace 10 años? ¿Por qué algunas especies viven en un lugar determinado y no en otro lugar? ¿Cuantos viven en *tu* barrio? ¿Cómo se defienden? ¿Cómo unas serpientes, y no todas, evolucionaron para ser venenosas a lo largo del tiempo?

El aprender cuales serpientes, sapos o lagartijas tienen **toxinas** que pueden hacerte mucho daño y cuales son inofensivas, es una información importante que hay que saber, especialmente para la gente que vive en áreas donde estos animales son comunes como la selva o…. el Desierto Sonorense. Debido a que mucha gente les tiene miedo a las serpientes, la gente a veces mata culebras sin necesidad. Mucha gente no sabe que ellas son una parte importante del **ecosistema**. Lo que aprendemos al estudiarlas no sólo nos ayuda a entender como las plantas y los animales dependen unos de otros, pero también como nos debemos portar para protegernos nosotros y a ellos también.

¿Cómo puedes llegar a ser un herpetólogo?

Las muchachas y los muchachos que quieren llegar a ser herpetólogos profesionales llevan clases del área de ciencias en la preparatoria o bachillerato y van a la universidad para obtener títulos ya sea en biología (estudio de los seres vivos), zoología (estudio de los animales), ecología (estudio de los seres vivos y su medio ambiente), u otra ciencia natural. No hay un grado universitario específico en herpetología y no hay un método correcto para aprender como ser un herpetólogo. Si quieres estudiar herpetos, enfoca todos tus proyectos escolares en una materia relacionada a reptiles o anfibios, sirve como voluntario en un zoológico o tienda de mascotas y observa los herpetos en tu barrio.

and their environment), or another natural science. There is no specific college degree in herpetology, and there is no one "right way" to learn to be a herpetologist. If you want to study herps, focus all your school projects on a subject related to reptiles or amphibians, volunteer at a zoo or pet store, and watch the herps in your neighborhood.

Where do herpetologists work and what kinds of jobs do they have?

Many herpetologists work in a job that makes use of their knowledge of herps, but the job title usually isn't "herpetologist." Here are some examples of places a herpetologist might work and what they might do there.

Zoos and Museums

Like the Arizona-Sonora Desert Museum, most zoos exhibit reptiles and amphibians. They need people to take care of those animals—to feed them and oversee their health. For a caretaking or "keeper's" job at a zoo, a college degree is usually preferred but may not be necessary. However, the person who makes management decisions about the herpetological collection and exhibits usually does need a college degree. This person might be called a "curator" of herpetology. Curators and keepers help design exhibits for the animals under their care. They tell exhibit builders how many and what kinds of plants and rocks to include for shade, sun, or exercise to meet each species' needs. They know what food to provide and when.

The herpetologists at the zoo may also do research **in the field**, collecting herps or gathering information about them, so they can learn more about their natural history—like the herpetologists in this book!

Wildlife- or Habitat-Conservation Organizations

Government agencies (such as the U.S. Fish and Wildlife Service, National Park Service, U.S. Geological Survey, or state Game and Fish Departments) or private conservation organizations (such as The Nature Conservancy, the Sonoran Institute, the Arizona-Sonora Desert Museum, and others) can hire herpetologists to help keep track of the number and health of various species of amphibians or reptiles in the wild. Herpetologists working for these agencies or organizations might spend a lot of time in the desert or mountains. They might catch and measure the animals periodically, and write reports about what they learned. They might help come up with a plan to protect a natural community or a species that is rare or endangered. Not only is college biology training important in these kinds of jobs, so is a good command of language—especially reading and writing skills.

Colleges and Universities

Herpetologists can work as high school teachers or college professors in biology, ecology, zoology, or some other natural science. They might also work in laboratory research, investigating questions about reptiles and amphibians. The author of *Katie of the Sonoran Desert* has studied the way kingsnakes swallow other snakes that are longer than themselves. Other herpetologists have studied how frog eggs develop in outer space, and whether certain lizards can run on two legs! Students at college often have an opportunity to help with a professor's research project. (The author of our story is a research scientist who studies crocodiles and snakes. Of course, she doesn't study crocodiles

¿Dónde trabajan los herpetólogos y que tipos de trabajos hacen?

Muchos herpetólogos tienen un empleo donde usan su conocimiento de herpetos, pero el título de su trabajo por lo general no es "herpetólogo". Aquí tienes ejemplos de lugares donde un herpetólogo puede trabajar y lo que hará allí.

Zoológicos y Museos

Al igual que en el Museo del Desierto Arizona-Sonora, muchos zoológicos exhiben algunos reptiles y anfibios. Ellos necesitan gente que cuide estos animales: que los alimente y este pendiente de su salud. Para un trabajo de cuidador o "guardián" en un zoológico, se prefiere un título universitario, pero quizás no se requiera. Sin embargo la persona encargada de tomar las decisiones de administración de la colección herpetológica y exhibiciones por lo general necesita un título universitario. A esta persona quizás se le llame "curador" de herpetología. Los curadores y guardianes ayudan a diseñar exhibiciones para los animales que cuidan. Ellos les dicen a los constructores de las exhibiciones cuantas y que tipos de plantas y piedras deben incluir para sombra, sol o ejercicio para satisfacer las necesidades de cada especie. Ellos saben que alimentos proporcionar y cuando.

Los herpetólogos en el zoológico quizás también realicen investigación **de campo** colectando herpetos o acumulando información sobre ellos, y de este modo aprender más sobre su historia natural, como lo hicieron ¡los herpetólogos de este libro!

Organizaciones de conservación de la vida silvestre o del hábitat

Agencias gubernamentales como son el Servicio de Pesca y Vida Silvestre de los Estados Unidos, el Servicio de Parques Nacionales, el Servicio Geológico de los Estados Unidos, los Departamentos de Caza y Pesca estatales u organizaciones privadas de conservación como son The Nature Conservancy, the Sonoran Institute, the Arizona-Sonora Desert Museum, entre otros, pueden contratar herpetólogos para darle seguimiento a la cantidad y estado de salud de varias especies de anfibios y reptiles en su hábitat natural. Los herpetólogos que trabajan para estas agencias u organizaciones pueden pasar mucho tiempo en el desierto o en la sierra. Quizás atrapen y midan periódicamente los animales y presenten informes sobre lo que han aprendido. O tal vez ayuden a proponer un plan para proteger una comunidad natural o una especie que es muy escasa o se encuentra en peligro de extinción. No sólo la formación en biología es importante en este tipo de trabajos, también se necesita un buen dominio del lenguaje, especialmente buenas técnicas de lectura y redacción.

Institutos y universidades

Los herpetólogos pueden trabajar como maestros de preparatoria o profesores de universidad en las materias de biología, ecología, zoología u otra ciencia natural. También pueden trabajar en investigaciones de laboratorio, buscando respuestas sobre reptiles y anfibios. La autora de *Katie del Desierto Sonorense* ha estudiado la forma en que una culebra real se traga otras serpientes más grandes que ella. Otros herpetólogos han estudiado como se desarrollan los huevos de rana en el espacio interplanetario y si ciertas lagartijas pueden correr ¡en dos patas!

Los estudiantes universitarios muchas veces tienen oportunidad de ayudar en proyectos de investigación de un profesor. La autora de nuestro cuento es una científica investigadora que estudia cocodrilos y serpientes. Por supuesto, ella no estudia cocodrilos en el desierto, ¡tiene que ir a otras partes para hacerlo! Muchos herpetólogos investigadores viajarán a países lejanos para obtener información sobre los herpetos que estudian.

Empresas privadas

Los herpetólogos también pueden tener sus propios negocios, como criaderos de reptiles o anfibios para zoológicos, investigación o tiendas de mascotas. El conocimiento sobre el hábitat y las necesidades de cada especie son importantes para la salud de los animales. También es de vital importancia el respetar las leyes de conservación y la ética para la vida silvestre.

in the desert; she has to go elsewhere to do that! Many research herpetologists will travel to faraway countries to gather information on the herps they study.)

Private Businesses

Herpetologists might also run their own business, such as raising reptiles or amphibians for zoos, research, or pet stores. Knowing the habits and needs of each species is important for the health of the animals. Respecting the conservation laws and ethics for wildlife is also critically important.

Herpetology for Fun

Amateur herpetologists come from all fields and might not have a degree in science at all. All you really need is a great curiosity about amphibians or reptiles and a passion for watching and learning. Anyone can be a herpetologist in their spare time—bankers, carpenters, doctors, taxi-drivers, mechanics, teachers, or nurses. In Arizona, the Tucson Herpetological Society has members who are professional herpetologists and members who are amateur herpetologists. They meet regularly to talk about toads they know, snakes they've pursued, or whatever anyone has recently observed or discovered. Many other cities and towns also have herpetology clubs. Maybe you could start one at your school.

Herpetological Techniques

Tagging or Marking

Tracking an individual herp (or many of them) can be done by catching the animals and marking their skin with a nontoxic permanent marker. Or animals can be tagged by piercing their skin with a thin wire that holds colored beads, or some other marker a herpetologist can see easily. On a rattlesnake, one might paint the segments of its rattle different colors. Herpetologists mark individual animals so they can recognize them and keep an accurate history of that animal in the field over days, months, or years. Tagging is also useful for counting how many animals are in one area (without the mark, herpetologists might not know if it's a new lizard or the same lizard they saw a few minutes before).

Radio-Tracking

Telemetry is a high-tech way to mark animals—one that allows the herpetologist to find an animal even when it isn't easily seen. A kind of miniature radio transmitter, placed on a collar or inside an animal (like Katie), sends constant radio signals through the air. These signals can be picked up by an antenna, a metal pole sensitive to these radio waves. The top of the antenna used by the herpetolgist on this page is shaped like an H. Because the radio waves hit different parts of the antenna, the direction the signal is coming from can be determined. A device attached to the antenna translates the radio signals into sounds that people can hear, the same way your car radio antenna picks up and translates invisible waves into music.

Herpetología como pasatiempo

Los herpetólogos aficionados provienen de todos los oficios y quizás no tengan una licenciatura en ciencias. Lo único que se necesita es una gran curiosidad en anfibios o reptiles y un deseo muy grande por observar y aprender. Cualquiera puede ser un herpetólogo en su tiempo libre: banqueros, carpinteros, doctores, taxistas, mecánicos, maestros o enfermeras.

En Arizona, la Sociedad Herpetológica de Tucsón tiene entre sus miembros herpetólogos profesionales y herpetólogos aficionados. Se reúnen con regularidad para hablar de sapos que conocen, serpientes que han perseguido o lo que alguien ha observado o encontrado recientemente. Muchas otras ciudades y pueblos también tienen clubes de herpetología. Tal vez tú puedas empezar uno en tu escuela.

Técnicas Herpetológicas

Etiquetado o marcado

El darle seguimiento a un herpeto en particular (o muchos) se puede hacer atrapando los animales y marcándoles su piel con un marcador permanente no tóxico. También los animales se pueden etiquetar perforándoles la piel con un alambre delgado con cuentas de colores u otra marca que un herpetólogo puede ver fácilmente. En una víbora de cascabel, uno quizás pinte los segmentos de su cascabel de diferentes colores. Los herpetólogos marcan animales individualmente para identificarlos y registrar la historia exacta de ese animal en el campo, al pasar los días, meses o años. El etiquetado también sirve para contar cuantos animales hay en un área, ya que sin la marca los herpetólogos no sabrán si es una lagartija nueva o la misma que vieron unos minutos antes.

Radio-rastreo

La telemetría es una tecnología de punta para marcar animales ya que es un método que permite al herpetólogo encontrar al animal incluso cuando no es fácil verlo. Un tipo de radio transmisor diminuto colocado en un collar o dentro de un animal (como en Katie) envía señales de radio constantemente por el aire. Estas señales son captadas por una antena, una vara de metal sensible a estas ondas de radio. La punta de la antena usada por los herpetólogos en este libro tiene forma de una "H." Debido a que las ondas de radio golpean diferentes partes de la antena, se puede determinar la dirección de donde proviene la señal. Un dispositivo unido a la antena transforma las señales de radio en sonido que la gente puede escuchar, del mismo modo que la antena del radio de tu automóvil capta y transforma ondas invisibles en música.

Encontrar y atrapar herpetos

Los herpetólogos encuentran herpetos al reconocer sus hábitats y buscar en los lugares donde suponen que se encuentran en el momento adecuado del día o del año. En el desierto, las serpientes por lo general están inactivas durante el frío del invierno, comúnmente están debajo de la tierra y a menudo hibernando ¡como lo hizo Katie en el cuento! Ellas cazan y se mueven de un lado a otro en las mañanas y en las noches de las temporadas calurosas, entonces esa es la época más probable para encontrar alguna. Para encontrar ranas, los herpetólogos irán al agua y escucharan sus cantos y las observarán, también usarán una red para atraparlas. Para otros, por ejemplo los sapos cavadores, ellos tendrán que esperar las lluvias del monzón, ya que es ¡la única vez que salen! Algunos

61

Finding and Catching Herps

Herpetologists find herps by knowing their habits and by looking in the places they expect them to be at the right time of day or right time of year. In the desert, snakes are not usually active in the cold of winter (they are commonly underground, and often hibernating, like Katie did in the story!). They hunt and move about in the morning and evening during the warm seasons, so that is the most likely time to find one. To find frogs, herpetologists might go to water and listen for their calls and watch, using a net to catch them. For some, such as spadefoot "toads," they must wait for the monsoon rains, because that is the only time they come out! A number of reptiles and amphibians are venomous or have poisonous skin—so it's important for herpetologists to know which is which, and how to handle them.

A common tool used by herpetologists to catch rattlesnakes is a long metal pole with pincers at the end, called snake tongs. The pincers are controlled from the far end, which keeps the herpetologist a safe distance from the snake. Some lizards can be caught by hand, but herpetologists often use a **noose** of string attached to a pole.

CAUTION: Do not attempt to capture any snakes or large lizards, especially not venomous species, until a herpetologist or other knowledgeable naturalist has trained you!

More to learn!

Although herpetology enthusiasts have been studying amphibians and reptiles for more than 2,000 years, and have learned a great deal about the habits and wonders of amphibians and reptiles, there is still lots to discover. There are thousands of species of herps worldwide—6,000 amphibian species (5,200 of these are frog or toad species) and almost 8,000 reptiles (4,600 lizard, 3,000 snake, 300 turtle or tortoise, and 23 crocodilian species). More than a hundred species of reptiles and twenty species of amphibians are known from the Sonoran Desert Region alone. Many questions remain unanswered. There is much left for you to explore and discover. For young amateur herpetologists in the Sonoran Desert, the Arizona-Sonora Desert Museum is a good place to start learning!

References and Resources

Before you go out into the desert, arm yourself with knowledge. Knowing how to tell the difference between the venomous animals and the harmless ones is important. Learn to tell the difference between venomous and harmless reptiles and amphibians by referring to a field guide, and learn what to do if you are ever bitten by a rattlesnake.

www.desertmuseum.org

"Living with Venomous Reptiles," *http://tucsonherpsociety.org/LWVR.pdf*

A Field Guide to Western Reptiles and Amphibians by Robert C. Stebbins. Peterson Field Guide Series. Houghton-Mifflin: NY, 2003.

Poisonous Dwellers of the Desert by Trevor Hare. Southwest Parks and Monument Association: Tucson, 1995.

The Venomous Reptiles of Arizona by Charles H. Lowe, Cecil R. Schwalbe, and Terry B. Johnson. Arizona Game and Fish Department: 1986.

reptiles y anfibios son venenosos o tienen piel tóxica, por ésto es importante que los herpetólogos sepan cual es cual y como manejarlos.

Una herramienta común usada por los herpetólogos para atrapar víboras de cascabel es una vara larga de metal con pinzas en la punta, llamada pinzas para serpientes. Las pinzas se controlan desde el extremo opuesto, lo que mantiene al herpetólogo a una distancia segura de la víbora. Algunas lagartijas se pueden atrapar con la mano, pero los herpetólogos usan un **lazo corredizo** de un hilo atado a una vara.

AVISO: ¡No intentes capturar ninguna víbora o lagartija grande, especialmente las especies que no son venenosas, hasta que un herpetólogo u otro naturalista experto te haya capacitado!

¡Más que aprender!

Aunque los entusiastas de la herpetología han estudiado los anfibios y reptiles por más de 2,000 años y han aprendido mucho sobre sus hábitos y maravillas, todavía hay mucho que descubrir. Existen miles de especies de herpetos en el mundo: 6000 especies de anfibios (5,200 de éstos son especies de ranas o sapos) y cerca de 8,000 especies de reptiles (4,600 especies de lagartijas, 3,000 especies de serpientes, 300 especies de tortugas y 23 especies de cocodrilos). Se conocen más de 100 especies de reptiles y 20 especies de anfibios tan sólo en la Región del Desierto Sonorense. Muchas interrogantes permanecen sin respuesta. Queda mucho para que tú explores y descubras.

Para los jóvenes herpetólogos aficionados del Desierto Sonorense, el Museo del Desierto Arizona-Sonora ¡es un buen lugar para empezar a aprender!

Referencias y Recursos

Antes de ir al desierto, empápate de conocimiento. El saber como diferenciar los animales venenosos de los inofensivos evitaría mucho dolor. Aprende a diferenciar los reptiles y anfibios venenosos de los inofensivos usando una guía de campo, y aprende que hacer en caso de que te muerda una víbora de cascabel.

www.desertmuseum.org

"Living with Venomous Reptiles," *http://tucsonherpsociety.org/LWVR.pdf*

A Field Guide to Western Reptiles and Amphibians by Robert C. Stebbins. Peterson Field Guide Series. Houghton-Mifflin: NY, 2003.

Poisonous Dwellers of the Desert by Trevor Hare. Southwest Parks and Monument Association: Tucson, 1995.

The Venomous Reptiles of Arizona by Charles H. Lowe, Cecil R. Schwalbe, and Terry B. Johnson. Arizona Game and Fish Department: 1986.

Glossary

antenna ∾ *in electronics*: a pole or wire made of metal that is used to pick up or send radio waves. *In insects and other arthropods*: a segmented sensory appendage on the head that can feel, smell, taste, and/or detect sounds.

arthropods ∾ insects, spiders, crabs, and other creatures that have segmented bodies and legs, and are encased in a hard outer covering.

binational ∾ across two nations or relating to two nations.

burrow ∾ (n) a hole dug in the ground by an animal to nest, rest, escape from predators, or avoid extremes of heat or cold; (v) to dig a hole in the ground (dig a burrow).

cacti (plural of cactus) ∾ a group of succulent plants (family Cactaceae) native to the Americas, abundant in drier habitats. Cacti come in many forms, but are usually thick-skinned and spined. The flowers of all cacti are quite similar. About 200 species of cacti grow in and around the Sonoran Desert.

camouflage ∾ (n) coloring of an animal or object that blends with a background, allowing it to avoid detection; (v) to blend in with a background to avoid detection.

columnar cacti ∾ cacti with tall, cylindrical trunks such as saguaros, cardón, organpipe and senita.

conserve ∾ to make a conscious effort to keep from harming or wasting something.

cover ∾ (n) a surface or thing to get under or behind to hide.

drought ∾ a long period (weeks, months, or years) of very dry weather.

ecosystem ∾ a distinctive "landscape" made up of biological communities that are all linked and interact with each other and the physical environment. Rain forests, deserts, and coral reefs are all examples of ecosystems.

ectotherms ∾ animals that regulate their own body temperature by use of their surroundings (e.g., sun, warm rocks, shade, cool rocks). Some dictionaries define ectothermic as "cold-blooded"; however, the blood of ectothermic animals isn't always cold, they simply need to use their surroundings to warm up (or cool down).

endotherms ∾ animals, like birds and mammals, that can keep their body and blood warm (between about 98° to 112° F depending on the animal) even if the temperature around them is colder or warmer. Warm-blooded is a term used to describe endothermic animals.

estivate ∾ take on a state of inactivity similar to a deep sleep, triggered by heat or dryness (also spelled "aestivate").

evaporation ∾ a change from liquid into vapor, such as the loss of water into the air through the pores of a plant leaf or an animal's skin.

evolve ∾ *in groups of organisms*: to develop from one form to another over time based on changes in genes. Species and populations are constantly evolving over time to survive in the area in which they live. A species (or population) can evolve so much that it becomes physically distinct from its ancestors, and would thus become a new species.

herp ∾ (n) an informal term shortened from "herpetology" used to refer to any amphibian or reptile. Derived from the Greek word "herpeto," a creeping animal.

Glosario

antena ∽ *en electrónica*: una varilla o alambre de metal que se usa para captar o enviar ondas de radio. *En insectos y otros artrópodos*: un apéndice sensorial segmentado en la cabeza que puede sentir, oler, gustar y detectar sonidos.

aparear ∽ juntarse el macho y la hembra para procrear crías de animales.

artrópodos ∽ insectos, arañas, cangrejos y otras criaturas que tienen cuerpos y patas segmentadas dentro de una cubierta protectora.

binacional ∽ en dos naciones o relacionado con dos naciones.

cactus ∽ un grupo de plantas suculentas (familia Cactaceae) nativas al continente americano, abundantes en hábitats muy secos. Los cactus tienen formas muy variadas, pero generalmente son espinosos y con piel gruesa. Las flores de todos los cactus tienen forma similar. Cerca de 200 especies de cactus crecen en o cerca del Desierto Sonorense.

cactus columnar ∽ cactus con troncos altos y cilíndricos como el sahuaro, el cardón, la pitahaya y la sinita.

camuflaje ∽ coloración de un animal u objeto para confundirse con su entorno para no ser descubierto.

comunidad natural (ej. comunidad ecológica) ∽ cualquier grupo de especies de microorganismos, plantas y animales integrados ecológicamente que habitan en un área específica o hábitat dentro del ecosistema. Ejemplos de comunidades son un sahuaro muerto y en descomposición o un charco de las lluvias.

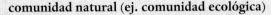

conservar ∽ hacer un esfuerzo consciente para evitar dañar o desperdiciar algo.

depredador ∽ un animal que mata otros animales.

Desierto Sonorense ∽ el único desierto **marítimo** de América del Norte, abarca el Golfo de California o Mar de Cortez y sus 950 islas y también casi toda la península de Baja California. ¡La porción terrestre del Desierto sonorense cubre casi 260,000 km², y el Mar de Cortez cubre casi otros 260,000 km²! Así esta enorme región está formada por un desierto **binacional**, parte del cual está en Arizona y el sur de California, pero la mayor parte está en México. En el Desierto Sonorense habitan cerca de 2,000 **especies** de plantas, 500 especies de vertebrados (animales con espina dorsal) y decenas de miles de tipos de **invertebrados** (animales sin espina dorsal). En los últimos 13,000 años (la edad del Desierto Sonorense moderno) las plantas y los animales de esta región se han adaptado a vivir en una tierra con poca lluvia. Lo más característico de este desierto son numerosas especies de árboles leguminosos (ej. mezquite, tésota, palo fierro) y cactus columnares (ej. sahuaro, sinita, cardón, pitahaya). Llueve más seguido en el Desierto Sonorense que en la mayoría de los desiertos calientes del mundo. De hecho, este desierto tiene dos estaciones lluviosas. El invierno trae las tormentas frías del Noroeste del Pacífico y el verano trae las tormentas cálidas (monzones) del sur, principalmente del Golfo de California. Estos monzones del verano son otra razón por lo que al Desierto Sonorense se le considera un desierto marítimo.

ecosistema ∽ un "paisaje" característico compuesto de comunidades relacionadas que interactúan entre ellas mismas y con el ambiente físico que las rodea. Las selvas tropicales, los desiertos y los arrecifes de coral son ejemplos de ecosistemas.

ectotermos ∽ animales que regulan la temperatura de su cuerpo usando su ambiente (ej. sol, piedras calientes, sombra, piedras frías). Algunos diccionarios definen ectotérmico como "de sangre fría", sin embargo, la sangre de un animal ectotermo no siempre es fría, simplemente necesita usar su entorno para calentarse o enfriarse.

endotermos ∽ animales como las aves y los mamíferos que pueden mantener su cuerpo y su sangre caliente (entre 37° C y 44° C dependiendo del animal) incluso cuando la temperatura a su alrededor es más fría o más caliente. Sangre caliente es un término que se usa para describir animales endotermos.

"in the field" ∽ a phrase used to refer to being or working in open spaces, natural areas, or wilderness (e.g., "She was following snakes all night in the field"). Or sometimes, "in the field" means in a particular area of interest or study (e.g., "She worked in the field of herpetology").

invertebrates ∽ animals without backbones, such as worms, centipedes, ants, scorpions, spiders, etc.

lab ∽ short for laboratory—a room or space set aside for scientific study, where scientists can do experiments, take measurements, make observations, etc.

marine ∽ (adj) living in, existing in, or related to the sea.

maritime ∽ (adj) linked to, or associated with the sea.

mate ∽ (v) to come together, male and female, to create baby animals; (n) the partners participating in a mating event.

metamorphosis ∽ the dramatic change of physical appearance in some animals from one life stage to another, such as caterpillar to butterfly, or tadpole to toad. To metamorphose is to make that change.

migrate ∽ to move periodically from one place to another, typically for seasonal foods or breeding sites.

millennium ∽ one thousand years; millennia is the plural of millennium, meaning thousands of years.

monsoon ∽ a seasonal shift in wind direction which brings rains to a place (e.g., the Sonoran Desert in the summer).

native ∽ originating and living naturally in a place.

natural community (i.e., ecological community) ∽ any ecologically integrated group of species of microorganisms, plants, and animals inhabiting a specific area or habitat within an ecosystem. A dead and rotting saguaro, or a temporary rain-filled pond, are examples of communities.

nectar ∽ a sugary liquid produced by a flower to attract animals, such as insects and birds, that help pollinate or, in some cases, protect the plant. Nectar provides energy for many animals.

network ∽ a group of lines, tunnels, ropes or other connected things that cross each other like a net.

noose ∽ a loop with a knot that slides along a rope or string when pulled, tightening around an object.

pollen ∽ a powdery substance in flowers that contains the male genes. In sexually reproducing plants, pollen is needed for production of seeds and fruit (via fertilization of the ovule), and thus completion of the life cycle. Pollen contains protein used by some insects as food.

pollinate ∽ to transfer pollen from the male structure (anther) of one flower to the female structure (stigma) of another, through which sexual reproduction is completed to produce fruit and new seed.

prey ∽ (n.) an animal taken by another as food; (v.) to take an animal for food.

predator ∽ an animal that preys on other animals.

rodent ∽ mammals of the order Rodentia, all having two long, sharp, chisel-like upper teeth in front designed for gnawing (mice, squirrels, rats, marmots, beavers, etc).

"en el campo" ⟳ una frase que se usa para referirse a estar o trabajar al aire libre, en áreas naturales o en el monte (ej. "Ella estaba buscando serpientes toda la noche en el campo"). O algunas veces, "en el campo" significa un área determinada de interés o de estudio (ej. "Ella trabajó en el campo de la herpetología").

especie ⟳ grupo de seres vivos semejantes entre sí y que se cruzan entre ellos mismos. Por ejemplo, las víboras de cascabel de diamantes son una especie diferente de la culebra real común o de las víboras sordas. Tienen cuerpos claramente diferentes, comportamientos diferentes y se cruzan casi solamente entre ellas.

estivación ⟳ entrar en un estado de inactividad similar a un sueño profundo, provocado por el calor o la aridez.

evaporación ⟳ cambio de líquido a vapor, por ejemplo la pérdida de agua al aire a través de los poros de la hoja de una planta o la piel de un animal.

evolucionar ⟳ cambiar y desarrollarse con el paso del tiempo; las especies y poblaciones están constantemente evolucionando con el transcurso del tiempo para sobrevivir en el área donde viven. También conocido como "descendencia con modificaciones". Una especie o población puede evolucionar tanto que ya no se parezca a sus antepasados y formar una especie nueva.

herpeto ⟳ palabra de origen griego que significa reptar o arrastrarse y se usa para referirse a reptiles y anfibios.

hocico ⟳ la nariz; o la parte larga de la cara de un animal con las mandíbulas y la nariz.

invertebrados ⟳ animales sin espina dorsal como los gusanos, los ciempiés, las hormigas, los alacranes, las arañas, etc.

laboratorio ⟳ cuarto o lugar reservado para el estudio científico, donde los científicos pueden hacer experimentos, tomar medidas, hacer observaciones, etc.

lazo corredizo ⟳ un lazo con un nudo que se desliza en un hilo o cuerda cuando se jala, ajustándose alrededor de un objeto.

madriguera ⟳ un hoyo excavado en la tierra por un animal para anidar, descansar, escapar de los depredadores o evitar las condiciones extremas de frío o calor.

maraña ⟳ arbustos, enredaderas, matorrales o árboles pequeños creciendo debajo de árboles altos, cactus u otras plantas grandes.

marino ⟳ vivir en, existir en, o relacionado con el mar.

marítimo ⟳ (adj.) unido al mar; que vive o se encuentra en o cerca del mar.

metamorfosis ⟳ el cambio dramático en la apariencia física en algunos animales de una etapa de vida a otra, como de oruga a mariposa, o de renacuajo a sapo. Metamorfosear es sufrir ese cambio.

migrar, emigrar ⟳ moverse periódicamente de un lugar a otro, normalmente para buscar alimentos temporales o a sitios de procreación.

milenio ⟳ mil años; milenios plural de milenio y significa miles de años.

monzón ⟳ un cambio estacional en la dirección del viento que trae lluvias a un lugar (ej. el Desierto Sonorense en el verano).

nativo ⟳ ser originario y vivir de forma natural en un lugar.

néctar ⟳ un líquido azucarado producido por la flor para atraer animales como los insectos y los pájaros que ayudan a polinizar o en algunos casos a proteger la planta. El néctar proporciona energía a muchos animales.

polen ⟳ sustancia en polvo de las flores que contiene los genes masculinos. En plantas que se reproducen sexualmente, el polen es necesario para la producción de semillas y frutos (vía fertilización del óvulo) y así completar el ciclo de vida. El polen contiene proteína que usan algunos insectos como alimento.

segment ◇ one part of connected, repetitive parts of an object or animal. All insects (and other arthropods) have segmented bodies and segmented appendages. Rattlesnake rattles are loosely connected hard segments.

snout ◇ the nose; or the long part of an animal's face with the jaws and nose.

Sonoran Desert ◇ North America's only **maritime** desert, encompassing the Gulf of California (Sea of Cortez) and its 950 islands, as well as most of the Baja California peninsula. The land portion of the Sonoran Desert covers 100,000 square miles, and the Sea of Cortez covers another 100,000 square miles! This huge region thus comprises a **binational** desert, some of which is in southern Arizona and southern California, but most of which is in Mexico. The Sonoran Desert is home to around 2,000 **species** of plants, 500 species of vertebrates (animals with backbones), and hundreds of thousands of kinds of **invertebrates** (animals without backbones). Over the past 13,000 years (the age of the "modern" Sonoran Desert), the plants and animals of this region have adapted to live in a land with little rain. Most characteristic of this desert are numerous species of legume trees (e.g., mesquite, acacia, ironwood) and columnar cacti (e.g., saguaro, senita, cardón, organ pipe, or pitahaya cactus). Rain falls in the Sonoran Desert more often than in most hot deserts of the world. In fact, this desert has two rainy seasons. Winter brings cold storms from the Pacific Northwest. Summer brings warm storms, called monsoons, from the south—mainly from the Gulf of California (these summer monsoons are another reason the Sonoran Desert is considered a maritime desert).

species ◇ a group of living things that are alike and interbreed among themselves. For instance, western diamondback snakes are a different species than California kingsnakes or gopher snakes. They have distinctly different bodies, different behaviors, and they interbreed almost solely among themselves.

succulent ◇ full of juice. Succulent plants are those that store large amounts of water in their tissues and tend to have spongy leaves or stems.

tissue ◇ a collection of cells of the same kind that make up the muscle or skin or other distinct part of the body of an animal or plant.

toxin ◇ a poisonous substance produced in or on the body of an animal. For example, the skin of a Sonoran Desert toad contains toxins harmful to animals that eat or touch it.

transmitter ◇ an object made from electronic parts that will make and send electromagnetic waves as signals that can be changed into sounds or otherwise perceived by another electronic device.

underbrush ◇ shrubs, vines, bushes, or small trees growing under taller trees, cacti or other large plants.

vegetation ◇ plant life in a general area. This usually refers to the most important plants, such as desertscrub, grassland, woodland, etc.

venom/venomous ◇ venom is a poisonous material that is made in the body of an animal and is forced into another animal by biting or stinging. Venom can cause pain, paralysis, or death to the recipient.

polinizar ◠ transferir polen de la estructura masculina (antera) de una flor a la estructura femenina (estigma) de otra, así se realiza la reproducción sexual para producir fruto y semilla nueva.

presa ◠ animal atrapado por otro como alimento.

red ◠ un grupo de líneas, túneles, cuerdas u otras cosas conectadas, cruzándose entre sí como en una malla.

refugio, escondite ◠ lugar para meterse debajo o detrás para esconderse.

roedor ◠ mamíferos del mismo orden, todos tienen enfrente dos dientes superiores largos, filosos y como cincel, designados para roer o mordisquear (ratones, ardillas, ratas, marmotas, castores, etc.).

segmento ◠ una porción de las partes repetidas y conectadas de un objeto o animal.

Todos los insectos (y otros artrópodos) tienen cuerpos y apéndices segmentados. El cascabel de las víboras son segmentos duros conectados de forma floja.

sequía ◠ una época larga (semanas, meses o años) de tiempo seco.

suculento ◠ lleno de jugo. Las plantas suculentas son aquellas que almacenan grandes cantidades de agua en sus tejidos y tienden a tener hojas o tallos esponjosos.

tejido ◠ una colección de células del mismo tipo que integran el músculo, la piel u otra parte distinta del cuerpo de un animal o planta.

toxina ◠ una sustancia venenosa producida dentro o encima del cuerpo de un animal. Por ejemplo, la piel del sapo grande contiene toxinas peligrosas para los animales que lo coman o lo toquen.

transmisor ◠ un objeto hecho con piezas electrónicas que producirá y enviará ondas electromagnéticas como señales que pueden ser cambiadas en sonido para ser captadas por otro aparato electrónico.

vegetación ◠ las plantas de un área en general. Esto generalmente se refiere a las plantas más importantes, por ejemplo: matorral espinoso, pastizal, bosque.

veneno, venenoso ◠ veneno es un material tóxico producido en el cuerpo de un animal y es forzado en otro animal por medio de una picada o mordida. El veneno puede causar dolor, parálisis o la muerte del recipiente.

Author's Biography

Like many kids, Kate Jackson became fascinated with reptiles and amphibians at an early age. Kate never outgrew this interest, and she has spent her life traveling the world learning everything she can about snakes, lizards, turtles, crocodiles, frogs, toads and salamanders. One of her favorite places of all is the Arizona desert, where she first got to know rattlesnakes up close. The story of Katie the rattlesnake is largely true. There is a real rattlesnake named Katie living in the Sonoran Desert of Arizona. "Katie" was named after Kate Jackson by her friend Roger in 2004. Before that time, Katie was known only as "Number 61." Roger needed help remembering this particular snake, for he was keeping track of a great many. Kate Jackson holds a PhD in Biology from Harvard University. She now teaches zoology and herpetology at Whitman College, and lives in Walla Walla, Washington. Her other "true story," *Mean and Lowly Things. Snakes, Science and Survival in the Congo*, was published by Harvard University Press in 2008.

Author's Acknowledgments

Thanks to the members of the Tucson Herpetological Society, who work to protect the desert animals they love, and to Roger, Stevie, Steph and other friends who engineered my first visit to Arizona. Special thanks to the young critics, Thomas, Zachary, Evan, Maja, Robbie, Lisa, Christina and Paul, who read this story in early versions and gave me expert opinion and sound advice.

Artist's Biography

Natalie Rowe has loved animals and nature since being knocked over by a goat at a petting zoo at age three. Since she could first pick up a pencil, she has been happily drawing the furred, feathered and scaled. She relished the challenge of bringing Katie and the exquisite Sonoran Desert to life on paper. A designer, illustrator, fiber artist and occasional musician, she has a Graphic Design Diploma from George Brown College and a Bachelor of Music from the University of Toronto. She lives on an 86-acre farm in Apple Hill, Ontario, Canada, with her husband Gordon and various animals, but, alas, no rattlesnakes.

Artist's Acknowledgments

My eternal gratitude to the amazing Roger Repp, who shared with me his astounding knowledge of the exquisite Sonoran Desert. Thanks to Rachel, Eli, Sarah and Hannah, four great junior naturalists who appreciate the wonder of snakes. Most of all, thanks to Gordon, whose love, support and endless cups of tea helped me stay at the drawing board until I got it right.

Biografía de la Autora

Al igual que muchos niños, la fascinación con reptiles y anfibios empezó a temprana edad para Kate Jackson. Kate nunca abandonó este interés y ella ha pasado su vida viajando alrededor del mundo aprendiendo lo más posible acerca de serpientes, lagartijas, tortugas, cocodrilos, ranas, sapos y salamandras. Uno de sus lugares favoritos es el desierto de Arizona, donde conoció por primera vez de cerca las serpientes de cascabel. La historia de Katie la serpiente de cascabel es realmente cierta. En realidad existe una serpiente de cascabel llamada "Katie" en el desierto de Arizona. "Katie" fue nombrada en honor a Kate Jackson por su amigo Roger en el 2004. Anteriormente a esta fecha Katie era conocida solamente como "número 61." Roger necesitaba ayuda para recordar esta serpiente en particular, porque tenía muchas más que documentar. Kate Jackson tiene un doctorado en Biología de la Universidad de Harvard. Ahora ella es profesora de Biología de vertebrados en el Colegio Whitman, y vive en Walla, Walla, Washington. Su otra "verdadera historia" *Cosas Bajas y Malas. Serpientes, Ciencias y Sobre vivencia en el Congo* (*Mean and Lowly Things. Snakes, Science and Survival in the Congo*), fue Publicado por la editorial de la Universidad de Harvard en el 2008.

Agradecimientos de la Autora

Muchas gracias a los miembros de la Sociedad Herpetológica de Tucsón, quienes trabajan arduamente para proteger los animales del desierto que aman tanto, y a Roger, Stevie, Steph y otros amigos que organizaron mi primer visita a Arizona. Gracias especialmente a la juventud crítica, Thomas, Zachary, Evan, Maja, Robbie, Lisa, Christina y Paul, quienes leyeron esta historia en las primeras versiones y me dieron expertas opiniones y una asesoría sólida.

Biografía de la Artista

A Natalie Rowe le han gustado los animales y la naturaleza desde que la tumbó una cabra en un zoológico infantil cuando tenía tres años. Desde la primera vez que tomó un lápiz, felizmente ha dibujado a los animales peludos, a los de plumas y a los de escamas. Ella gozó el desafío de darle vida en papel a Katie y al exquisito Desierto Sonorense. Una diseñadora, ilustradora, artista de fibras y música ocasional obtuvo su Diploma de Diseño Gráfico en George Brown College y una Licenciatura en Música en la University of Toronto. Vive en una granja de 86 acres en Apple Hill, Ontario, Canadá con su esposo Gordon y varios animales, pero que lástima sin serpientes.

Agradecimientos de la Artista

Mi gratitud eterna para el extraordinario Roger, quien compartió conmigo su conocimiento asombroso del exquisito Desierto Sonorense. Gracias también a Rachel, Eli, Sarah y Hannah, cuatro excelentes naturalistas jóvenes que aprecian las maravillas de las serpientes. Pero sobre todo, gracias a Gordon que con su amor, apoyo y tazas de té sin fin me ayudó a permanecer en la mesa de dibujo hasta que lo hacía bien.

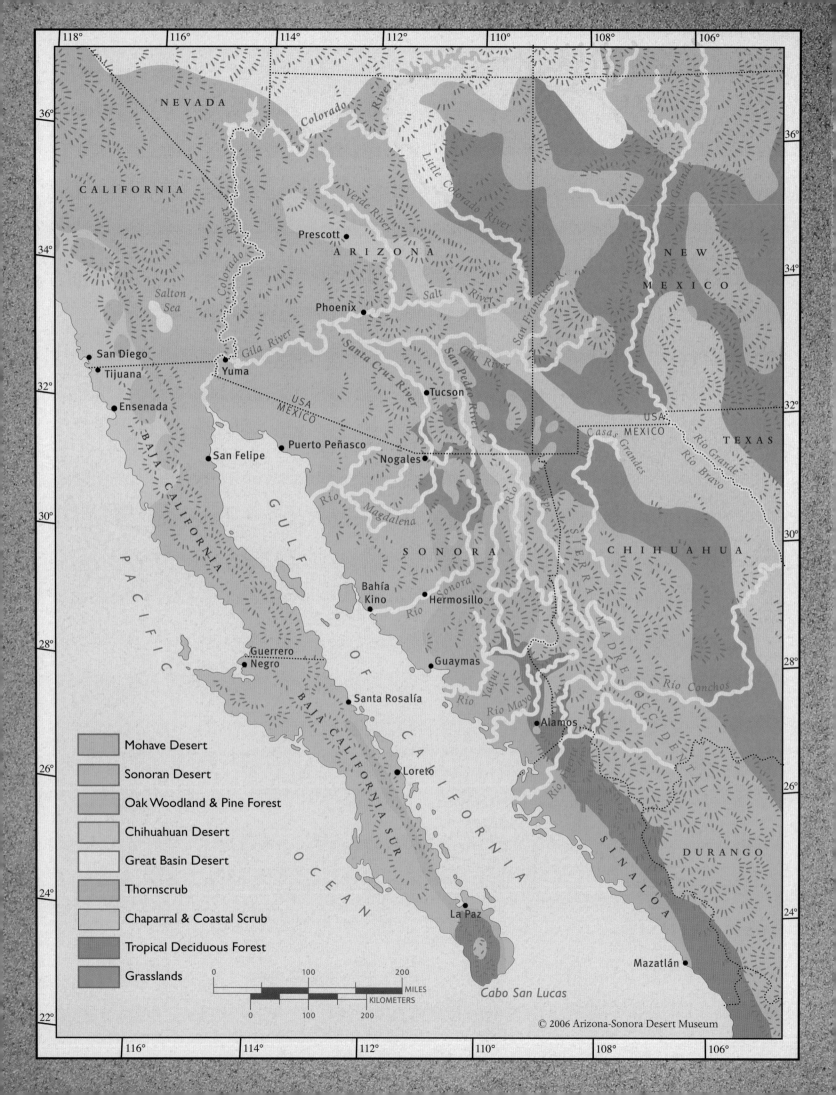

© 2006 Arizona-Sonora Desert Museum